lian FIC Fo 2015
D.
un re pazzo in Danimarc
edon Public Library
N 2015   3582

ICE: $36.44 (3582/01   )

DATE DUE

OCT 0 2 2015			
NOV 0 6 2015			
DEC 1 3 2015			

narr........ ....ettere

CALEDON PUBLIC LIBRARY

© Chiarelettere editore srl
Soci: Gruppo editoriale Mauri Spagnol S.p.A.
Lorenzo Fazio (direttore editoriale)
Sandro Parenzo
Guido Roberto Vitale (con Paolonia Immobiliare S.p.A.)
Sede: via Guerrazzi 9, 20145 Milano
ISBN 978-88-6190-654-9

Prima edizione: gennaio 2015
Seconda edizione: febbraio 2015

Redazione testi a cura di Chiara Porro e Jacopo Zerbo
Illustrazioni disegnate e dipinte da Dario Fo con la collaborazione di Jessica Borroni, Michela Casiere e Sara Bellodi
Foto di Luca Vittorio Toffolon

www.chiarelettere.it
BLOG / INTERVISTE / LIBRI IN USCITA

Dario Fo

C'è un re pazzo in Danimarca

Da un'idea di Jacopo Fo

chiarelettere

Sommario

C'È UN RE PAZZO IN DANIMARCA

Prologo   3

Prima parte   5
Dentro e fuori da una favola 6 – Una finzione è più amabile della realtà 9 – Il re è nudo d'ogni ragione 11 – «Il mio Cristiano è bello che più non si può dire... peccato che sia un po' strambo» 14 – Un normale dialogo d'amore 16 – L'invenzione delle lettere d'amore segrete 20 – Il matrimonio con uno sposo immaginario 22 – Scena di un folle amore 23 – Uno sponsale da incubo con sghignazzo 24 – Il re della farsa all'improvvisa 29 – Il bimbo è nato, ma il padre suo dov'è? 31 – A caccia del re 32 – Alla scoperta del Vecchio continente 34 – Si parte all'alba 36 – Ritorno a Copenaghen 40 – Il figlio del re è in grave pericolo 43 – Elogio di uno scienziato privo di saccenza 46 – Il consigliere riprende il suo racconto 47 – La tristezza della solitudine 49 – Bisogna assolutamente cambiare 52 – Il figlio della regina madre è impotente? 57 – Uno straniero al governo di Danimarca! 62 – La danza sul ghiaccio 64 – A proposito di pazzia 67 – La fattucchiera della regina madre 72 – La grande tempesta 74 – Dopo la tempesta: la salamandra! 77

Seconda parte   81
Come si distrugge un ministro insopportabile 81 – Il ballo di corte col colpo di Stato 83 – Un processo a soggetto 84 – E ora ecco a voi il governo tanto ambito dalla regina 87 – La madre è quella che asciuga le tue lacrime 90 – Al posto della badante un ufficiale con gli stivali 93 – Rispetta il padre tuo e riconoscilo 95 – La grande nave vichinga spunta dal fango e la madre scende dalla sua prigione 100 – Una lezione di piaggeria regale 104 – Un commento fuori dai denti 105 –

Una sceneggiata espressa con simboli crudeli 107 – La gioia di tornare alla prima infanzia 112 – La lezione di Jean-Jacques Rousseau 113 – La lunga notte dei fantasmi 115 – Il vento violento che sta soffiando ci avvisa del prossimo scontro coi sette bastoni 120 – 1781: un pezzo fondamentale della storia di Danimarca 130 – La collezione dei ritratti di corte, compresa una sgualdrina 140 – Sotto finale 142

C'È UN RE PAZZO IN DANIMARCA

NOTA
L'idea di questo testo è nata in seguito a un'inchiesta condotta da mio figlio Jacopo sui re di Danimarca del XVIII secolo. In particolare egli è rimasto sorpreso dalle contraddittorie cronache e testimonianze espresse dai contemporanei dei due re.

Prologo

> Narrate, uomini, la vostra storia.
> *Alberto Savinio*

Dal XV secolo in poi, in tutta Europa, fra gli uomini che avevano pratica di lettere, era d'uso tenere un proprio diario. Così ci sono giunte testimonianze da gente comune, ma anche da personaggi storici spesso famosi, maschi e femmine. E noi ne abbiamo approfittato per arricchire le nostre ricerche di periodi in cui pochi erano i giornali, e i testi stampati circolavano facilmente solo fra le classi agiate.

La vicenda che andremo a presentarvi è invasa da personaggi a dir poco eccezionali. Queste carte ritrovate ci hanno permesso di ricostruire gli eventi tragici e grotteschi che hanno segnato in Scandinavia il periodo che va dal Settecento alla metà dell'Ottocento e che sono rimasti a lungo quasi interamente sconosciuti a tutti noi.

Re Cristiano VII

Prima parte

L'autore più importante di queste memorie riapparse è nientemeno che Cristiano VII, re di Danimarca e Norvegia. Il testo che abbiamo avuto la fortuna di ritrovare inizia così.

Stamane mi sono svegliato proprio in salute. Neanche uno spizzico di male al capo, mi son ritrovato con un cranio senza peso, libero, e inoltre muovendo la schiena non ho dovuto né sopportare gli scricchiolii, né respirar con gemiti. Insomma sono proprio in luna festante, come non mi succedeva da tempo. Ho sbattuto via coperte e lenzuola, ho lanciato le gambe con forza fuori dal letto e mi sono ritrovato subito all'impiedi in perfetto equilibrio, senza manco un accenno di tremore.
 Devo assolutamente approfittare di questo stato davvero eccezionale e pormi subito alla scrivania per continuare il mio racconto. Che racconto? Quello della mia vita! Non ho da perdere un solo attimo, evito perfino di rivestirmi, mi basta infilare la vestaglia e scrivere sfogliando il mio cervello che in questi rari frangenti è ben disposto a ricordare tutto ciò che, appena torno in crisi, sparisce dalla mente come se ogni pensiero franasse dentro una fossa nera senza fine. A questo scopo, per le cosiddette biografie degli uomini di potere, come io mi trovo almeno sulla carta a sembrare, normalmente si assumono dei narratori di professione, i cosiddetti biografi, gente che normalmente scrive su trame ormai

vetuste infilando una collana di luoghi comuni e adulazioni insopportabili che fanno apparire ogni regnante un pupazzo colorato di gesta strepitose quanto fasulle. Io voglio una storia vera, magari esposta senza enfasi ma almeno priva di retorica e finzione, perciò me la faccio da me.

Eccoli qua, gli scritti segreti della mia memoria, ne ho stese già una cinquantina di pagine. Sono pronto! Però, prima di cominciare, come faccio sempre, le rileggo, correggo gli errori e allargo gli avvenimenti di fatti nuovi che vedo tornare a galla leggeri, come per incanto.

Dentro e fuori da una favola

Leggo:

Mi chiamo Cristiano, di fede luterana. Ho più o meno trent'anni, non ricordo di preciso, ma mi secca chiedere informazioni sulla mia nascita a qualcuno della servitù o della corte. Son venuto al mondo a Copenaghen, immagino nel palazzo reale con la città coperta dalla neve, era pieno inverno...! Era più o meno la metà del Settecento.

Mia madre, Luisa di Hannover, era la prima moglie di Federico V, naturalmente re di Danimarca. Di lei non rammento quasi nulla, né la voce né i suoi seni mentre mi allattava. Infatti sono subito stato posto fra le braccia di una balia di cui mi ricordo esattamente mammelle tenere e gonfie di latte e una voce che mi cantava perché prendessi sonno. Mia madre è morta che avevo due anni e non lo seppi che molto tempo dopo, quando il re mio padre si risposò con un'altra donna nobile, molto bella ma avida, e priva di umanità, Giuliana Maria di Brunswick-Lüneburg, della quale mi sforzerò di parlarvi largamente fra non molto. Vi anticipo soltanto che scoprire di questa signora, che pareva uscita da una leggenda mitica di un antico narratore scandinavo, fu per me qualcosa di terribilmente sgradevole.

Giuliana Maria di Brunswick-Lüneburg

Era proprio una matrigna da favole crudeli inventate apposta per spaventare i bimbi.

Nel giorno in cui, di lì a un anno, la matrigna diede alla luce il suo primogenito io fui colto da una febbre terribile, non certo per quella nascita. Il medico, chiamato d'urgenza, decretò che forse non si trattava di cosa grave: era soltanto un normale fenomeno inerente allo sviluppo infantile. Ma, ahimè, la diagnosi era completamente sbagliata, non mi ripresi che dopo mesi di semincoscienza.

In un primo momento sembrava proprio che fossi riuscito a cavarmela da quella disperata condizione, tanto che mi fu permesso di scendere nel parco insieme agli altri ragazzini della corte perché potessi giocare, correre e tornare a una vita normale. Mi fu permesso perfino di montare a cavallo, un puledro domato dagli stallieri del re, regalo di mio padre per festeggiare la guarigione. Inoltre fui affidato a un maestro perché imparassi a scrivere e apprendere arte, matematica e filosofia come è di regola per un principe.

È incredibile, quel trovarmi nella condizione di scolaro mi dava grande soddisfazione e piacere. Scoprii di adorare la lettura e il narrare impugnando una penna. Il maestro era paziente e ben dotato di sapere. Mi accompagnava intorno per tutta la tenuta. Si navigava su una barca, lungo piccoli corsi d'acqua che conducevano fino al porto zeppo di navi che prendevano il largo nel mare incrociandosi con altre che attraccavano sulle banchine colme di marinai e viaggiatori.

Ogni tanto mi sentivo venir meno e di lì a poco crollavo perdendo coscienza. Il mio tutore mi abbracciava come fosse all'istante divenuto mio padre, di cui non avevo mai conosciuto un gesto simile.

A ogni crisi arrivavano a visitarmi nuovi luminari del cervello. Spesso quei sapienti organizzavano un consulto, mi palpavano il cranio come tenessi al posto della testa un melone di cui scoprire se fosse già maturo o meno.

Immancabilmente quegli uomini di alto sapere finivano a scontrarsi con durezza e male parole. E verso la fine del diverbio c'era sempre qualcuno che proponeva di sottopormi a una trivellazione cranica che mi avrebbe liberato da quegli umori gassosi che di certo, comprimendo le circonvoluzioni cerebrali, causavano l'orrenda malattia. Ne discutevano davanti a me come se non esistessi, convinti che trattando l'argomento con termini latini essi fossero dispensati dall'avere un minimo di attenzione verso la mia persona, tanto che a un certo punto sono uscito davvero dalla grazia di Dio e ho urlato: «Sapete cosa vi dico, signori sapienti? Che con voi sono d'accordo anch'io, bisogna risolvere con una trapanazione: non c'è altro rimedio, infilate pure il trapano, ma non nel mio cranio... nel vostro culo!». Che non era proprio un'espressione da re!

In uno dei giorni sempre più rari in cui mi trovavo in condizioni direi favorevoli mi capitò di attraversare il parco del palazzo di Frederiksberg sul cavallo donato da mio padre. Qualcosa turbò il puledro, che si impennò sbattendo le zampe anteriori proprio nel momento in cui una madre con il proprio bimbo tenuto per mano attraversava il sentiero.

Il piccolo si spaventò e tentò di fuggire ma inciampando finì al suolo. La madre a sua volta, presa dallo spavento, rimase bloccata. Io scesi di sella e corsi a sollevare di terra il bimbo. La donna mi ringraziò e in segno di saluto disse: «Vi sono molto grata, principe». Quindi si allontanò e mi capitò di udire il bimbo che chiedeva: «Madre, ma quello non è il figlio pazzo del re?».

«Zitto, figliolo! Ti fai sentire!» rispose la donna.

Così all'istante imparai che per ognuno io ormai ero il primo pazzo reale.

Una finzione è più amabile della realtà

Passavano i giorni, stavo chiuso nelle mie stanze che si affacciavano sul giardino di corte. Una sera, mentre camminavo lungo il corridoio per recarmi alla sala del bagno detto di bronzo, mi accorsi che mio padre e la mia matrigna stavano lasciando il palazzo. Erano raggianti e portavano abiti disegnati e cuciti di fresco. La nuova moglie di mio padre teneva alle dita delle pietre preziose che probabilmente erano appartenute a mia madre. Questo particolare mi diede molto fastidio. L'avevo collocata come una rapina. Il re era gioioso e la mia matrigna, cosa molto rara, sorrideva di continuo. Il loro entusiasmo aprì in me il desiderio di seguirli per il luogo in cui si sarebbero recati quella sera.

Chiesi al servo di camera di aiutarmi a indossare gli abiti del rituale. Mi feci coraggio e mi incamminai verso il salone del palazzo, domandai al valletto di cercare una carrozza per me ma egli mi informò che in quel momento non vi era alcuna vettura disponibile. Eppure mi ricordavo, ben inciso nella memoria, di un landò da parata con tanto di cocchieri a coppia, parcheggiato nel deposito dei fiacre di palazzo. Ci scesi, e là dentro incappai nel capo dei cocchieri e con un inganno riuscii a farmi svelare dove si stesse recando mio padre con la regina. Dissi che il re aveva dimenticato a casa il suo monocolo e dovevo assolutamente raggiungerlo per farglielo avere. Il capococchiere, accompagnandomi con la carrozza, mi svelò che entrambi i miei genitori erano diretti all'apertura della stagione del teatro della città, che mio padre stesso aveva fatto costruire: il teatro reale di Copenaghen.

Feci il mio ingresso in quel palazzo passando dall'entrata degli artisti e mi trovai subito nel retropalco. Macchinisti e tecnici delle luci stavano terminando di montare la scena issando i lampadari e accendendone le numerose candele: venni a sapere appresso che si trattava di un'opera buffa all'italiana con acrobati, ballerine e naturalmente cantori. Presi posto nella quinta del direttore di scena che si alzò per lasciarmi il suo sgabello. Io lo pregai di rimanere e di procurarmi una sedia perché potessi godermi lo spettacolo proprio lì, in mezzo al palco.

Era la prima volta che assistevo a uno spettacolo del genere: rimasi sconvolto per gli effetti scenici che si susseguivano uno appresso all'altro come in un carosello magico. C'era l'orchestra con un numero incredibile di musicisti che eseguiva l'ouverture e le ballate. La scena cambiava all'improvviso: scendevano fondali dall'alto, scorrevano pareti di palazzi dai lati, e dal basso montavano vetrate e portali. Io, da dove stavo, potevo scorgere di quei macchinamenti il dritto e il rovescio. Scoprivo il trucco dei movimenti rimanendo stupito e al tempo ammaliato. In tutta quella magia i mimi e i danzatori si muovevano con straordinaria leggerezza. Capii che questa era davvero un'opera d'arte totale, dove pittura, macchinamenti, musica e danza erano frutto di un'unica fantasia. Di certo stavo vivendo un'emozione eccezionale.

Non so se questo o altro furono la causa di un'ulteriore mia crisi che durò per due settimane ininterrotte. Quando mi ripresi e cominciavo a connettere di nuovo venni a sapere che mio padre era entrato in coma. Stavamo vivendo uno degli inverni più rigidi del secolo ed egli non resse a quella striata di gelo che lo colpì mentre assisteva a una parata del nostro esercito. Morì che aveva appena compiuto quarantatré anni. La vedova regina esplose in un pianto dirotto. Tentò anche il gesto disperato di volersi lanciare fuori dalla finestra, però io vidi chiaro che prima di eseguire il lancio si era assicurata che ci fossero intorno a lei uomini pronti a trattenerla e salvarla. Personalmente, davanti a quel feretro non provai dolore. Non mi riuscì nemmeno di fingere qualche lacrima. Devo ammettere che per me mio padre era quasi un estraneo che casualmente mi aveva anche generato.

Il re è nudo d'ogni ragione

Dopo la sua morte una nuova crisi mi colpì, ma stavolta rifiutai di far avvicinare l'archiatra di corte e la schiera di sapienti della medicina che venivano continuamente a bussare alle mie stanze. Quella mia indifferenza verso la morte del mio genitore era in verità vissuta con fatica. Tant'è che non mi riuscì di presenziare alle esequie giacché fui travolto da un'ulteriore crisi che rischiava di costringermi a partecipare al funerale, questa volta in qualità di defunto aggiunto. Da dietro la tenda della mia camera intravidi la carrozza reale con i cavalli neri lasciare il palazzo.

Pur trovandomi completamente fuori sesto, mi ricordo esattamente in che momento del mese ci trovassimo. Erano gli ultimi giorni di gennaio del 1766. Io avevo, qui sono sicuro, diciassette anni appena compiuti. Fui incoronato re del regno di Danimarca e di Norvegia. Sparavano colpi di cannone a volontà. La banda regale suonò marce e inni in quantità. Molti sudditi commossi, soprattutto femmine, esplosero in pianti. Ma a me di tutto questo non importava proprio niente. Non c'è dubbio, all'istante mi resi conto che ero proprio pazzo. Evviva il re!

Un vecchio consigliere di mio padre mi avvicinò e con molto garbo mi disse: «Sire!». Mi chiamò «sire» proprio come in un dramma tragico delle marionette! Quindi aggiunse: «Se mi permettete, maestà, voglio comunicarvi quello che io penso sia urgente risolvere all'immediata».

«Di che si tratta?»

«Dovete al più presto pensare al matrimonio!»

«Perché tanta fretta? Ho diciassette anni!»

La risposta fu: «Non dimenticate che ci sono altri vostri parenti – diretti e non – quali il vostro fratellastro, figlio della seconda regina, che anelano di porsi sul trono al vostro posto, perciò è d'uopo che voi al più presto impregniate una nobile del vostro seme acciocché vi faccia dono in breve tempo di un erede, possibilmente maschio».

Un pensiero mi prese all'improvviso: «Mio Dio, è vero, sono re e non ho moglie, neanche una concubina! Chissà se ho il seme...».

A questo punto del suo racconto Cristiano smette all'istante di scrivere lasciando in evidenza una frase espressa in maiuscolo, molto esplicita:

BASTA! NON CE LA FACCIO PIÙ! STO TROPPO MALE...

Accidenti! E ora che facciamo? 'Sto re imprevedibile va a smettere di darci notizie proprio nel momento in cui sta per incontrare Carolina Matilde di Hannover, nientemeno che la sorella prediletta del re d'Inghilterra, Giorgio III, che è stata scelta proprio per lui, Cristiano.

Carolina Matilde

E adesso chi racconta l'autentica storia d'amore? Per nostra fortuna nella biblioteca nazionale di Copenaghen, mezzo secolo fa, sono riemersi degli scritti che provenivano da tutt'altra fonte e che si sostituivano perfettamente alla mancanza della cronaca interrotta di Cristiano. Si trattava nientemeno che del diario inedito e segreto composto proprio dalla principessa Carolina Matilde, la promessa sposa di Cristiano. Ma al momento della lettura ci si presenta un altro impiccio. I caratteri usati dalla giovane regina non sono né di origine inglese e tantomeno quelli del linguaggio originario della famiglia Hannover. Per di più il diario risulta composto in un linguaggio criptico, cioè con caratteri indecifrabili, evidentemente con l'intento della scrivente di impedire a chicchessia l'accesso alla sua narrazione. Ma grazie all'impegno davvero straordinario di un gruppo di specialisti che ha scardinato analiticamente la composizione, ecco che lo scritto è stato reso finalmente comprensibile. Leggetelo.

***

«Il mio Cristiano è bello che più non si può dire... peccato che sia un po' strambo»

Attenti, è proprio lei, Carolina Matilde di Hannover, che parla.

18 febbraio 1766
Accompagnata da mio fratello maggiore e da mia madre, mi sono imbarcata al porto di Londra, il più grande attracco navale del mondo. Il vascello reale che mi avrebbe trasportato in Danimarca si trovò a veleggiare con un vento teso ma senza strappi che mi permetteva di starmene a prua con la mia accompagnatrice di gran lunga più eccitata di me per quel prossimo incontro.

Non capivo. Mentre stavo per montare la scala che mi portava sulla plancia chiesi ancora a mia madre perché venivo inviata da Cristiano il danese con tanta fretta e soprattutto insistevo affinché mi svelasse la ragione per cui non avessero scelto che fosse lui a venire a Londra a conoscermi, così da evitare a me questo viaggio.

Mia madre rispose: «Stai dimenticando, cara, che questo tuo possibile marito è per caso anche il sovrano assoluto delle sue terre, Danimarca e Norvegia, e ha pure il compito di gestire un regno che ha colonie in Africa, nei Caraibi e nelle Indie e comanda un esercito, marina compresa!».

«Accidenti... E ha davvero solo diciassette anni?»

«Sì, cara, solo due più di te.»

In verità le risposte di mia madre non mi soddisfacevano. Mi chiedevo ancora ad alta voce la ragione di un incontro così affrettato. Vedrò Cristiano solo per qualche ora e appresso dovrò vivere con lui tutta una vita. Cosa potrò capire del suo carattere, del suo modo di essere?! Come potrò esclamare: «È il mio uomo! L'ho sempre sognato proprio così!»?

Come così? Se non mi si permette quasi di parlargli, di conoscerlo. «Caro, preferisci che dormiamo tutte le notti insieme o solo per far l'amore, e poi ognuno torna nel proprio letto a russare?»

La mia dama di compagnia, Louise von Plessen, rideva divertita, poi commentava: «Be', ti dirò che io so qualcosa che per rispetto alla tua persona ti devo assolutamente svelare... Mia cara, questo, prima che un matrimonio tra due giovani che speriamo si innamorino uno dell'altra fino alla follia, è un contratto, un affare d'alto livello che avvantaggerà tanto il regno degli inglesi che quello dei danesi! Ma dal momento che altri parenti sia del tuo casato che di quello del tuo sposo si stanno dando da fare come pazzi affinché questo affare vada a monte per proporre un'altra combinazione a loro vantaggio, ecco che bisogna muoversi decisi e veloci. Ma c'è un'altra situazione che impone questa fretta: è che questo tuo prossimo sposo in questo momento non gode di molta salute».

«Oddio!» esclamo a mia volta. «Che problema ha?»

«Di cervello, cara! Spesso è del tutto normale e in altri momenti esce completamente di senno!»

«Ah! E me lo venite a raccontare adesso?!»
«Be', mia cara, *les affaires sont les affaires*... Forse i tuoi cari preferivano che tu lo scoprissi da te sola...»
«Da sola? In due ore? Sperando all'istante che il mio promesso sposo vada esplodendo in una crisi rivelatrice tale da decidere se fuggire o risolvere chiudendomi in un convento di clausura?»
«È per quello che ti conviene sincerarti di persona e poi scegliere. Ma io credo che andrà tutto bene e che le sue crisi si riveleranno problemi di poco conto e che quindi questa per te sarà davvero un'occasione felice.»
«Bene, e così alla fine non avrei altra scelta che sacrificarmi per il regno. Ridotta a inserviente dell'invalido regnante!»
Dopo un giorno e una notte di navigazione eccoci sorpassare lo Jutland e raggiungere Copenaghen. Mi rendo conto che allo sbarco c'è solo l'ambasciatore del nostro regno che, scesi a terra, ci accompagna in carrozza a Roskilde. Ci offrono una colazione che accettiamo ben volentieri. Di lì a poco giunge Cristiano sul suo cavallo. Smonta con un salto ed è subito appresso a me.

Un normale dialogo d'amore

Mi prende le mani, me le bacia. Quindi prega l'ambasciatore, esprimendosi in danese, di lasciarci soli e i due, la dama e il diplomatico, s'affrettano a sparire. Poi il giovane re mi si avvicina e commenta parlando francese: «Purtroppo dovrete scusare la mia cattiva pronuncia, parlo raramente questa lingua...».
E io di rimando: «Non mi pare, maestà, l'accento è ottimo! Se incapperete in qualche errore di sintassi ve lo correggerò».
«Ma che succede? Io mi esprimo in un linguaggio confidenziale e voi mi parlate tutta ossequiosa?!»
«Sì, per forza, voi siete sempre il re... e io non sono ancora regina, prima dovrete scegliermi, speriamo mi vada bene!»
Cristiano ride ed esclama: «Oooh, pure spiritosa siete! Dimenticavo che provenite dall'Inghilterra, la patria dell'ironia!».

Quindi mi osserva con grande attenzione e poi commenta: «Il vostro aspetto è quello di una bambina, chiara e delicata!».
Non riesco che a sussurrare «Grazie». Poi aggiungo: «Anche voi mi apparite gradevole e gentile!».
«Purtroppo – continua lui, – spero che ve ne abbiano parlato, in questi giorni non mi ritrovo al meglio della salute... ho qualche problema di testa, un malore piuttosto fastidioso... scusatemi se non riesco a dimostrarvi tutto il piacere che provo nel conoscervi e nell'apprezzarvi. Ma, a proposito, ditemi: oltre il matrimonio, che particolari interessi avete?»
«Be', prima di tutto, signore, non sono io ad aver scelto questo sponsale. Mi piacerebbe stare con voi qualcosa di più che qualche ora!»
«Avete ragione, in quel caso potreste anche scoprire che non sono proprio il vostro ideale di sposo. Che ne sapete voi di che cosa mi interessa oltre che il governare?! Potreste per esempio scoprire che le cose che io amo voi le detestate. Tanto per cominciare vi dirò che personalmente io amo il teatro, specie quello con musiche, danze e acrobazie.»
«Oh, anch'io vado pazza per gli spettacoli, sia quelli tragici che quelli buffi!»
«Magnifico, alla prima botta abbiamo azzeccato un medesimo interesse.»
«Scusate, posso farvi io una domanda?»
«Prego!»
«Giocate a cricket o preferite la pallacorda?»
«No, le esibizioni atletiche impegnative non sono per me!»
«Bene. E così non mi lascerete troppo sola per poi tornare ogni volta con un livido sull'occhio.»
«... ma non crediate in cambio di vedermi impazzire per il lavoro a maglia o all'uncinetto!»
«Per carità, anch'io detesto ogni lavoro femminile, salvo quello di far crescere un bimbo nel mio grembo e quindi allevarlo.»
«Bene! A mia volta amo la prole e al contrario vi devo rivelare che verso il potere e la pompa regale non provo nessuna attrazione e che, detto in totale riservatezza, tengo una consi-

derazione piuttosto negativa verso gran parte dei miei sudditi, specie riguardo alla classe dei cortigiani, dei *possessores* e dei mercanti... per non parlare dei burocrati. Non pensano ad altro che ad accumulare privilegi, prebende, titoli e denaro. E anche verso le loro femmine non provo molta simpatia. Sembrano delle cortigiane truccate da signore.»

«Accidenti! All'istante vi presentate come un agnostico illuminista!»

«Ehi! Ehi! Ho scoperto una fanciulla erudita e sapiente... Dite la verità, siete stata educata a Parigi da Rousseau e Voltaire?»

«Be', diciamo che ho una certa ammirazione e interesse per quegli autori.»

«Ah sì? Accidenti, se accetto di sposarvi dovrò darmi da fare per ritrovarmi al vostro livello del sapere e della conoscenza.»

Ci mettiamo a ridere insieme molto divertiti e scopro di sentire una profonda simpatia per quel re. D'altronde, meglio uno strambolo di mente ma carico di sentimenti umani che un mammozzo con la corona che copre solo una parvenza di cervello. Chiacchieriamo ancora per una mezz'ora e poi ecco tornare la dama di compagnia con l'ambasciatore. Quel loro avviso che siamo prossimi all'imbarco per il ritorno mi causa un gran dispiacere. È lui a consolarmi dicendo: «Dolce Matilde, mi ha dato grande serenità conoscerti».

Così dicendo mi bacia con tenerezza sulle labbra. «Ci vedremo presto, a meno che non ti faccia troppa paura l'idea di unirti in matrimonio con un re matto come mi chiama ormai gran parte della mia gente.»

«Be', in questo caso, visto che entrambi siamo fanatici del teatro, avremo sempre la possibilità di mettere in scena l'*Amleto*!»

«L'*Amleto*? Cos'è?»

«È l'opera principale di Shakespeare, ed è ambientata proprio in Danimarca.»

«Ah, la conosco, ma non grazie a questo... come si dice... Shakespeare?, ma grazie a Paul Mallet, il mio precettore, che ha pubblicato la leggenda danese cui si è ispirato sicuramente questo autore inglese, come si chiama?»

«Shakespeare.»
«Ah bene, ho imparato qualcosa!»
«Be', se conosci la trama di quel racconto saprai certamente che questo Amleto è un personaggio che tu potresti ben interpretare visto che nel racconto si trasforma da saggio lucido in folle disperato, e anch'io potrei far parte di quella trama come Ofelia, l'innamorata di Amleto, che purtroppo non ha molta fortuna nella vicenda.»

«Già – osserva il re, – peccato che tu ti sia dimenticata la madre di lui che per fortuna ancora non conosci – chiamiamola con il suo vero ruolo, matrigna – e che nel nostro regno trama per giungere a possedere tutto il potere al posto del pazzo (indicò se stesso). Ma spero tanto che la nostra sia una commedia gioiosa e non assomigli per niente, soprattutto nel finale, all'opera di quel pessimista del suo autore.»

Sul vascello, al ritorno, la mia accompagnatrice chiede con insistenza che io le racconti del mio dialogo con Cristiano. Ma a me non va proprio di confidarle quei momenti e fingo di essere stordita dal sonno affinché mi lasci in pace.

Eccomi di nuovo a Londra. Durante tutto il viaggio non ho fatto altro che pensare a ogni frammento di quell'incontro. Alle sue parole e a ciò che di volta in volta andavo rispondendo. Pensavo a ogni mia frase, avrei potuto comunicare con più chiarezza e mi chiedevo come mi sarei potuta esprimere con altro linguaggio e ironia. Ma così è andata e alla fine non mi rammarico di nulla... Dio, come mi aveva affascinato quel ragazzo! Quel suo porsi davanti a me così scoperto, senza alcuna finzione, quell'ammettere e presentare quella condizione difficile della sua salute, quasi con rassegnazione, ne ero rimasta proprio commossa. Avrei potuto a mia volta inventarmi qualche malattia, una menomazione... così forse l'avrei messo a suo agio... non ce l'ho fatta. Ma non scherziamo, in fondo è meglio così.

Mia madre ha insistito non poco perché io le raccontassi di quell'incontro. Accettai ma capii quasi subito che lei di Cristiano sapeva già tutto, comprese le sue crisi cerebrali, e non espresse nessuno stupore. Alla fine concluse: «L'importante è che quel giovane ti abbia lasciato una buona impressione, per tutto il resto speriamo nella provvidenza!».

L'invenzione delle lettere d'amore segrete

Nei giorni appresso mi trovai ad abbozzare una qualche lettera da inviare a Cristiano. Mia madre mi scoprì intenta a scrivere. E quindi commentò: «Quella lettera è per il tuo fidanzato... vero? Ma come pensi la possa ricevere?».

«Non so, penso per posta normale, o no?»
«Ah sì? E tu sei convinta che lui riesca a riceverla di sicuro?»
«Perché, madre? Chi lo potrebbe impedire?»
«Mia cara, nel racconto che mi hai fatto è sortita la matrigna del tuo giovane re. E allora sappi che la mansione della regina madre è quella di una lupa in mezzo a un pollaio. È lei che gestisce e controlla ogni momento della vita di corte, che scanna galline e beve le loro uova. E, tanto per cominciare, non c'è messaggio o lettera che non passi per le sue zampe, voglio dire mani!»

«Quindi non posso scrivere a Cristiano?»
«Per carità! Bisognerà solo che tu gli faccia pervenire le tue missive attraverso un messaggero di tua e sua fiducia e che costui sia ben al corrente del clima che vige nella reggia di Elsinore...»

«Mamma, Elsinore è la città di Amleto!»
«Ah già, scusa, hai ragione, volevo dire la città di Copenaghen!»
È incredibile, fu proprio mia madre che si accollò il compito di organizzare la comunicazione con Cristiano. Attraverso l'ambasciata di Danimarca riuscì a ingaggiare Alexander Thomsen, un giovane di madre inglese che lavorava nell'ufficio centrale della corte. Costui mi comunicò immediatamente notizie sulla salute di re Cristiano. Seppi così che il suo stato era instabile ma tendente al meglio. Quindi il mio messaggero proponeva di salire a Londra di persona e di prendersi carico di far ottenere al giovane re una mia prima missiva.

Dopo alcuni giorni ecco Alexander Thomsen che raggiunge il palazzo reale di Londra, dove ci incontriamo. Vengo a scoprire che egli è in grado di leggere e tradurre il linguaggio criptico che ormai personalmente uso da anni. È stupendo! Questa coincidenza permetterà anche in caso di incidente di evitare che gli scritti caduti in mani estranee possano essere compresi da chicchessia.

Mi pongo subito alla scrivania e stendo pensieri ed emozioni in gran numero sempre in linguaggio cifrato. Quindi prego Alexander Thomsen di rileggere ad alta voce ciò che ho scritto. Il mio messaggero si dimostra restio. «È una missiva troppo privata» dice. «Perdonatemi, signora, ma non mi sento a mio agio.»

Io insisto e ci troviamo a decifrare quella lettera d'amore all'unisono, insieme. Alla fine Thomsen esclama entusiasta: «È straordinario, vorrei riuscire io a scrivere alla mia donna una simile dichiarazione d'amore».

«Va bene – rispondo io, – vi aiuterò! Anche subito se volete!»

Il messaggero avvampa tutto di rosso in viso, quindi s'appresta a ripartire immediatamente per la Danimarca. Aspetto da un giorno all'altro di vederlo ritornare, ma trascorre quasi un mese e non si fa vivo nessuno. Finalmente, all'inizio della primavera, ecco che riappare il mio Cupido personale, ormai ho deciso di chiamarlo proprio così, Cupido. Sorpresa: mi ha portato una lettera scritta da Cristiano che a sua volta l'ha forgiata in linguaggio criptato. Capisco subito che è scritta con molta fatica ed esclamo: «Ma chi l'ha aiutato?».

«Io, Cupido – risponde Thomsen, – sono o non sono il messaggero degli dei?!»

Non sto a tradurvi tutta la lettera. Qualche passo lo tengo solo per me. La cosa importante è che Cristiano, nel suo messaggio, mi va comunicando festoso di essere pronto a prendermi in sposa. «Ma – aggiunge subito – non potrò venire io di persona ad abbracciarti prima e dopo il rito, è pericoloso... sarebbe un grosso guaio se nel bel mezzo della funzione nuziale in cattedrale, davanti a tutta la corte inglese e anche a quella del mio paese, mi cogliesse per tanta emozione una crisi di quelle terribili, come spesso mi succede di dover accusare. Ultimamente m'è capitato durante le esequie di un funerale di esplodere in un canto da postribolo e sollevare fra le mie braccia la vedova piroettandomi con lei intorno al feretro e gridando: "Finalmente sei felice, mia dolce sgualdrina!". Preferisco quindi che al mio posto, in veste da sposo, ci sia qualcuno che mi rappresenti, un duca del tuo regno... Questo accadrà fra due o tre mesi a Londra. Ti abbraccio e spero proprio di ritrovarmi magari in perfetta salute, al tuo sbarco, fra le tue braccia.»

Dico la verità, non ho potuto trattenere una cascata di lacrime strepitose per tanta commozione. Ci siamo scritti in attesa dell'evento più di una lettera. Cupido credo abbia attraversato il Baltico e il Mare del Nord decine di volte. Ma quanto scorre lento il tempo per gli innamorati, specie quando ci troviamo desiderosi di abbracci e tenerezze!

Il matrimonio con uno sposo immaginario

Finalmente il giorno del rito è arrivato. Eccomi in cattedrale con il transetto e le navate ornate di fiori e bandiere. Vicino a me il duca di York che funge da sposo. Mi ritrovo completamente stordita. Perfino il suono dell'organo mi si traduce in un rimbombo stonato e senza senso. Duchesse e principi in quantità mi abbracciano alla fine, ma per me è solo un fastidioso conflitto fisico fra estranei.

Passa ancora un altro lunghissimo anno ed eccomi finalmente di nuovo sul vascello della corte inglese sbarcare nel porto di Copenaghen. Una moltitudine si è stipata per ricevermi alla banchina maggiore dove la nave sta attraccando. Mi affaccio alla scalinata e ci vedo una folla in tripudio. Gridano, applaudono. Qualcuno intona *A una finestra s'affaccia la luna*, un canto popolare dedicato alla sposa che si eseguiva il giorno delle nozze. All'istante ecco che tutta quella gente si distende e sul fondo appare Cristiano che mi viene incontro. Non aspetta nemmeno che io scenda le scale, monta verso di me e mi solleva fra le sue braccia quasi presentandomi a tutti i suoi sudditi come fossi un trofeo conquistato in battaglia.

Ecco le carrozze che avanzano una dietro l'altra accompagnate dalle truppe a cavallo. Quindi attraversiamo Copenaghen dentro un landò tutto dorato. L'intera città ci attende e poi ci accompagna seguendo il nostro transito, applaudendo e accennando danze festose. Non ricordo bene cosa sia accaduto prima di arrivare alla sala da pranzo. Di tutto quel tripudio mi sono rimaste solo impresse facce curiose o sgradevoli come quella della regina madre Giuliana Maria di Brunswick-Lüneburg che alla presentazione fece solo un cenno vago di saluto e mi sorrise con un ghigno da far spavento.

Poi ci fu il pranzo con i soliti interventi degli ambasciatori e dei sudditi di rango. Al centro della tavola, alla fine della quarta portata, apparve un gran pesce cotto nel latte... mi prese un colpo di sonno più simile a uno svenimento. Non avevo dormito per tutta la traversata. Finalmente crollavo di schianto, trovai la spalla di Cristiano pronta ad accogliermi e il suo braccio che mi avvolse. Eccomi di nuovo sollevata da mio marito che con un tondo dietrofront mi porta fuori dal salone verso la nostra camera da letto.

Scena di un folle amore

Mi risvegliai nel momento in cui le cameriere cominciarono a togliermi gli abiti di dosso e a farmi indossare una tunica di seta profumata. Anche Cristiano mi apparve di lì a poco con addosso una specie di drappo decorato all'orientale. Diede ordine che ogni servente si dileguasse. Rimasti soli, lui lasciò cadere la gualdrappa e apparì nudo davanti a me. Si infilò nel letto e mi abbracciò. Di lì a poco entrambi stavamo dormendo come due creature.

Mi sono svegliata ancora fra le sue braccia, era l'alba. Dalla stanza vicina veniva un profumo di caffè e di torte bignè. Scivolai con la maggior leggerezza possibile fuori dal letto e ignuda come mi trovavo m'affacciai a sbirciare il grande tavolo sul quale era preparata un'impossibile colazione.

Mi sono seduta davanti a quella sfilata di dolci e frutta nonché di bevande e ho cominciato a pizzicare qua e là come facevo da bambina. In quel mentre ecco che appare davanti a me Cristiano, e subito esclamo esagerando: «Oddio, mio marito. Anche lui nudo!».

«Non sono assolutamente nudo, guardami bene!» e indica frutti che scendono dalle sue orecchie, e frutti di bosco e ananas che pendono dalla vita mascherando appena le sue intimità. Cristiano ride, non si preoccupa affatto di infilarsi qualche indumento, esattamente come mi sono comportata io. Facciamo colazione con una voracità da orfani affamati. Lui mi accarezza il viso con la mano intinta nella crema e poi mi bacia nettandomi con voluttà quasi mi fossi trasformata in un croissant appena sfornato. Io faccio altrettanto cospargendolo di marmellata di mele e, spudorata, tento di leccarlo qua e là.

«No! Il solletico no, non lo posso sopportare!» Mi rovescia sul tavolo a rotoloni fra piatti e tazze ricolmi di ogni ben di dio. Entrambi ridiamo e si sgambetta proprio come due amanti. Sto vivendo una luna di miele davvero trionfale. Sono felice soprattutto perché nel modo di comportarsi di Cristiano non è apparso mai segno alcuno di malore o di follia. Ma purtroppo questa condizione meravigliosa doveva durare poco.

Uno sponsale da incubo con sghignazzo

Di lì a qualche giorno mi trovo a tavola con i soliti invitati della corte quando lui, il re, entra facendo un gran baccano e trascinando una ragazza, evidentemente una prostituta. La presenta a tutti dichiarando nome e cognome dei vari ospiti. Quindi anche a me: «Guarda che meravigliosa moglie che mi sono procurato. Roba proprio da nababbi!».

Davanti al mio viso disperato la prostituta ha un gesto di ritegno e imbarazzo, ma Cristiano la tranquillizza: «Non ti preoccupare, ho sposato una dama di grande comprensione e carica di signorile tolleranza. Ella sa che un re ha diritto a tutto,

La prostituta del re, Støvlet-Cathrine

anche porsi nudo e amoreggiare con una puttana, evviva!».
Così dicendo bacia la ragazza. Io sto lì, ferma, completamente ammutolita. Ecco che tutto il mondo sognato sta andando in frantumi. I nobili ospiti ridono e applaudono la sguaiatezza del mio sposo e della sua concubina. A 'sto punto mi levo in piedi con fatica ed esclamo: «Scusate ma mi sento di troppo!», e me ne esco dal salone.

Entro nella mia camera e mi getto sul letto piangendo disperata. Dopo un istante ecco che entra lui, il mio regale marito. Si siede vicino a me e rimane per qualche tempo in silenzio. Poi chiede: «Sei molto arrabbiata con me? Hai ragione, mi sono comportato come un infame ubriaco, ho insultato la tua dignità».

«Ti dirò che nella sala da pranzo stavo esplodendo con una reazione davvero sconsiderata, ti avrei lanciato addosso ogni cosa che stava sulla tavola. Ma poi all'istante ho letto sul tuo viso un'espressione disperata... e allora ho capito che non sei tu che stai agendo ma il tuo cervello condizionato da un morbo. E ho avuto pietà.»

«Stai scherzando?! Questo significherebbe che sto tentando di far impazzire anche te... Che bella coppia di folli saremmo! No, devi sapere la verità, l'ho recitata per intero tutta quella sceneggiata!»

«Che sceneggiata?! Vuoi dire che eri cosciente e lo sei ancora adesso?»

«Certo, la buriana non era dettata da uno sbando del mio cervello ma era solo a beneficio dei miei sudditi altolocati che recitano a loro volta il ruolo di personaggi di classe raffinata, ma che in realtà hanno costume e gusto di un branco di gente triviale che agisce solo davanti a oscenità e situazioni da baccanale. Hai sentito come applaudivano e sghignazzavano consenzienti alla mia orrenda bravata? E io devo stare al gioco. In verità sono davvero matto e questo provoca il loro disprezzo. Ma se capovolgo all'intero la scena e appaio, pur nella mia follia, un puttaniere affamato di copula e sesso, ecco che nel loro giudizio io salgo di peso e considerazione. È risaputo, un re ha tutto il diritto di fottere anche pubblicamente. Mostrarsi triviale e osceno non è cosa indegna per lui ma è atto di cui fare vanto semmai.

La turba grida volentieri: "Abbasso il re fellone e impotente. A morte il nostro sovrano che se la fa addosso davanti all'idea di scendere in guerra! Castrato e piagnone!". Ma nessuno di loro griderà: "Abbasso il puttaniere, a morte il *tombeur de femmes*", no, stai tranquilla, mai li si sentirà indignati per questo!» E così dicendo mi sfiora con una carezza il viso.

Sono rimasta qualche giorno senza vederlo. Non tornava nemmeno a dormire. Avevo pregato le *femmes de chambre* di avvertirmi se avessero avuto notizie di lui, ma non successe nulla.

Era uscito con un suo compare, noto rampollo della nobiltà di Copenaghen, per scorrazzare nelle taverne più malfamate del porto. Nella quarta notte di scarampazzo, dalla finestra lo vidi tornare; non riusciva a camminare da solo, due compari lo sollevavano, specie al momento di montare le scale. Lo stesero sul letto in una delle antiche stanze dove a suo tempo soggiornava il vecchio re ormai defunto e tumulato. Con garbo mi fermarono all'ingresso e consigliarono di non entrare. «Durante crisi del genere le sue reazioni sono violente e imprevedibili, maestà» tentò di tranquillizzarmi il nobile suo amico. «Vedrete, madame, che fra due o tre giorni tornerà in sé, irriconoscibile. Oggi, in questo stato di sconvolgimento, l'unica cosa è lasciare che si scarichi da sé.»

Ma, ahimè, quella condizione da semicoma durò per due settimane e più. Quando finalmente riprese vita e si disse in grado di rialzarsi, mi chiamarono. Lo trovai del tutto tranquillo, come si fosse svegliato da una pennichella, parlava senza inciampi e si dimostrava perfino affabile. Mi tirò a sé e mi diede un bacio, quindi mi chiese: «I miei compari di bisboccia si rifiutano di informarmi su cosa sia successo in quella taverna. Credo che mi abbiano picchiato a sangue... non so chi e perché, fatto sta che mi sento tutto ammaccato, devono avermi bastonato come un cinghiale alla cattura. E tu, piuttosto, come stai?».

Presi un gran respiro e poi dissi tutto d'un fiato: «Sono molto felice, Cristiano, aspetto un tuo bambino».

«Sei incinta di me? Che stupido! E di chi allora? Sono molto felice anch'io e mi viene una gran voglia di danzare e uscire preceduto da una banda che suona sgangherata un *De profundis* sotto il palazzo della mia matrigna. Credo che una notizia del genere la potrebbe uccidere di botto. Ah ah! Un figlio che blocca la sete della mia matrigna di conquistarsi il trono per il *suo* figliolo.»

Così dicendo mi costringe a sdraiarmi vicino a lui sul grande letto e comincia a liberarmi dalle lunghe calze, giù giù fino alle scarpe. Quindi si va infilando sotto la mia gonna sbottonata per apparire all'istante con la sua faccia che sorte in mezzo ai miei seni. Gridai per l'emozione e il piacere! E qui, se permettete, faccio una breve pausa... di censura.

Il mattino appresso mi venne a svegliare portandomi di persona la colazione. È vero, di certo quel continuo variare d'umore e di situazioni mi condurrà alla più scalmanata delle pazzie, di gran lunga peggiore di quella che lo trascina nelle sue infinite metamorfosi.

Mentre stiamo sorbendo il tè e io ci intingo biscotti al burro e miele, lui con tenerezza mi dice: «Tesoro, ti spiace se per qualche giorno eviterò di dormire fra le tue braccia incollato al tuo corpo? So che non potrei fare a meno di lasciarmi trascinare dalla voglia incontenibile di far l'amore con te».

«Ebbene, non è stupendo questo tuo desiderio?»

«Sì, ma per quanto sgangherata sia ormai la mia morale, mi riaffiora sempre l'educazione che mi son fatto da luterano incallito, che mi impone di non comportarmi da cristiano indegno e quindi di evitare di possedere carnalmente una femmina che tiene nel ventre un figliolo, oltretutto anche mio.»

Lo abbracciai senza trovare una risposta alle sue parole e quieta, si fa per dire, me ne tornai nelle mie camere, consapevole ormai che per lungo tempo non avrei più potuto avvicinarlo, né da moglie né da amante.

E qui il diario di Carolina Matilde si interrompe ancora per riprendere addirittura solo qualche anno appresso. Per fortuna, per un caso davvero stupefacente.

***

Il re della farsa all'improvvisa

Ecco che fra i nostri narratori prende posto anche un nuovo testimone. Si tratta dell'amico di bisbocce del re in persona, che ha iniziato a scrivere le sue memorie proprio da quando è stato scelto come accompagnatore di Cristiano. Ecco la sua testimonianza.

In seguito a una delle molte crisi, durante la quale manda a fuoco metà del palazzo reale, il monarca si è lasciato convincere dal primo ministro, su consiglio della regina madre, a farsi affiancare nella conduzione del governo da un consigliere, e guarda caso scelgono proprio me, Valdemar Sørensen, conte di Rosenborg. In particolare chi insiste maggiormente è la matrigna, forse convinta di potermi trasformare in un alleato disponibile ad affiancarla nei suoi maneggi di corte. È strana questa scelta perché, all'inizio della mia amicizia con il re, proprio lei che ormai il popolo ha soprannominato «la Vecchiaccia» mi aveva pubblicamente accusato di essere io il cattivo consigliere del monarca, una specie di laido Tartufo corruttore che lo stava portando alla rovina.

La vedova del defunto re Federico V, dal quale aveva avuto un figlio di due anni più giovane di Cristiano, in verità recitava angoscia e dolore per quel comportamento del figliastro ma, proprio come in dramma di Molière, in privato era soddisfatta della situazione creata dal giovane re che ogni giorno perdeva credibilità e rispetto agli occhi non solo della corte ma anche dei sudditi più fedeli.

Io e il giovane sovrano (che a quel tempo aveva solo diciotto anni) stavamo ormai sempre insieme, andavamo intorno nel parco della reggia sortendo dalle mura solo in occasione della messa in scena di opere con musica che venivano allestite nel grande teatro reale; a queste rappresentazioni, dove fra le interpreti apparivano fanciulle con abiti succinti e svolazzanti, il re di Danimarca spesso amava prendere parte in veste di attore, e lo si poteva ammirare travestito da sultano della *Zaïre* di Voltaire e da imperatore dell'epoca romana.

L'amico del re, Valdemar Sørensen, conte di Rosenborg

Ma il vero successo di questa sua presenza era determinato dalle improvvisazioni a soggetto che egli introduceva con un'agilità da vero maestro della satira. Infatti con destrezza inaudita riusciva a inserire fatti di cronaca accaduti lo stesso giorno della rappresentazione, come fossero autentiche parti dell'antico canovaccio. Con talento e leggerezza faceva il verso ai personaggi e agli scandali che esplodevano non solo nel suo regno ma in tutta Europa. In certi momenti si permetteva addirittura di inserire famosi pezzi di tragedie francesi che adattava senza alcuna rottura di ritmo e potenza.

È il caso di dire che il re ottenne un successo teatrale davvero maestoso e che il pubblico faceva la fila per acquistarsi i biglietti che venivano venduti anche fuori botteghino, a prezzi da bagarinaggio. Purtroppo più di una volta egli non si presentò sulla scena. Evidentemente era stato colpito da una crisi e il pubblico, quando si rendeva conto del fatto, bloccava letteralmente le rappresentazioni e chiedeva di conoscere la ragione che dava assente il re. E quando la risposta era: «Il re sta male», ecco che gli spettatori in gran numero uscivano dal teatro per raggiungere il palazzo reale e quindi si ponevano sotto le stanze di Cristiano, gridando in coro: «Guarisci, nostro signore! Abbiamo bisogno assolutamente della tua straordinaria voce e della tua genialità».

Quelle grida di affetto e fanatico amore avevano un grande potere terapeutico sul monarca ammalato, tanto che succedeva di vederlo di nuovo in piedi il giorno dopo, pronto a camminare al mio fianco per la città. Ma purtroppo di lì a poco tutto lo sconvolgeva: i carri, i cavalieri, le carriole, le navi che transitavano nei canali. E ogni volta ero costretto a far salire il mio re rapidamente sulla carrozza che ci seguiva a breve distanza, per riportarlo a corte.

Il bimbo è nato, ma il padre suo dov'è?

Ecco che dopo i consueti nove mesi di gestazione, la sposa del re, Carolina Matilde, partorisce dando alla luce un maschio: era nato Federico VI di Danimarca.

Da principio, il padre, che si trovava in uno stato di continua paranoia, si rifiutava di vederlo. La regina supplicava il re perché almeno desse uno sguardo alla sua creatura, ma lui non ne voleva sapere.

Di lì a qualche giorno però, per caso, quando entrambi stavamo salendo per il solito scalone, ecco che incontriamo la regina che porta fra le braccia il neonato. «È questo mio figlio?» chiede Cristiano. Il bambino, non si sa come e perché, esplode in una risata. «Mi pare felice di conoscermi!» esclama, e se lo prende in braccio.

«È un buon segno» commento a mia volta. «Forse, maestà, se provaste a frequentarlo un po' potrebbe essere un'ottima terapia per i vostri piccoli disturbi...»

«Mi chiedi di diventare io la balia?!» mi risponde il re.

«Be', sareste la prima regale balia al mondo!»

«Perfetto» sghignazza il sovrano. «Finalmente un fenomeno da baraccone scientifico a corte!»

E subito, senza ragione apparente, manda un urlo e all'istante si libera del bimbo gettandolo letteralmente verso la regina che a fatica riesce ad acchiapparlo come in un vero e proprio affondo da pallacorda; quindi il re, rendendosi conto del rischio causato, emana un profondo sospiro e si lancia giù per la scalinata con una rapidità da forsennato, quasi avesse partecipato a qualcosa di orrendo.

A caccia del re

Subito io do ordine a un gruppo della servitù affinché lo si segua senza però dare nell'occhio: «Evitate di scatenargli una crisi, per favore! Potrebbe essere disastrosa!».

Lo rincorrono, ma non lo trovano. È sparito. Tornano mortificati i serventi di lì a quasi un'ora, non riescono a capire dove il re si sia potuto nascondere. Tutta la corte si getta alla sua ricerca. Alcuni uomini della sicurezza si presentano con dei cani al guinzaglio. Il loro capocaccia mi dice: «Signor conte, questi cani conoscono l'odore del nostro sire. Per di più abbiamo trovato a qualche passo di qui il suo cappello, che gli dev'essere caduto correndo. Lo abbiamo già fatto annusare a tutta la muta. Se ci date il permesso lo ritroveremo in un attimo». Così comincia la caccia al re. Si sente abbaiare perfino in cima alle torri e più in basso, nei sotterranei. Ma niente, Cristiano è sparito manco fosse un cervo della foresta!

Solo il mattino dopo, il gruppo delle pulizie lo rintraccia fra gli scaffali della grande biblioteca di corte mentre dorme sdraiato su cataste di volumi. Nessuno poteva immaginare che il re potesse rifugiarsi in una raccolta di testi scientifici tanto imponente.

Non lo svegliano. Vengono ad avvertirmi del ritrovamento. E subito raggiungo il re in biblioteca e con molta delicatezza lo desto. «Meno male che sono uscito di cervello dopo aver almeno imparato a leggere» esclama subito Cristiano sollevando alcuni libri. «Mi rendo conto di essere di un'ignoranza a dir poco abissale! Di tutto ciò che questi volumi raccontano e che ho appena sfogliato io non so nulla. Se i miei sudditi stanno a questo mio livello, io sono proprio il re di un popolo di beoti!»

«Si può rimediare!» dico a mia volta. «Qui a Copenaghen abbiamo la fortuna di possedere un'università fra le più prestigiose e antiche della Scandinavia che vanta una biblioteca fondata da un vostro trisavolo la bellezza di tre secoli fa.» Quindi aggiungo: «Anch'io a mia volta ho bisogno di ritornare agli studi; da domani, se siete d'accordo, cominceremo insieme con le lezioni, anzi, per non costringervi a raggiungere ogni mattino il palazzo della scienza, obbligheremo la scienza a venire da noi, in una delle vostre dimore, compresi naturalmente i maestri... ognuno con i testi che ci necessitano. Rischieremo insieme di trasformarci nei più sapienti uomini d'Europa!».

Le lezioni, con tanto di insegnanti eccelsi, cominciarono ad aver luogo davvero con un certo successo, ma di lì a qualche settimana l'allievo regale all'istante non sopportava la vista di nessuno, né dei professori, né delle guardie, né dei sacerdoti, nemmeno delle donne. La cosa che lo sconvolgeva maggior-

mente era il pianto dell'infante che ogni tanto veniva di lassù, dall'appartamento della regina.
Cristiano cominciava a imitare gli *ueh! ueh!* del bimbo e si buttava per terra mimando grottescamente un neonato che si muove gattoni per la stanza. Per renderlo più palese andava spruzzando pipì un po' dappertutto. Poi, sempre scimmiottando una voce da neonato, piagnucolava: «Ho sete, ho sete! Voglio la tetta, la tetta della mia balia!». E guai se non gliene procuravo io personalmente una ben nutrita all'immediata!

Un giorno, con Cristiano, mi trovai a sfogliare una collezione di incisioni colorate che riproducevano le immagini delle più importanti capitali d'Europa, a cominciare dall'Inghilterra e giù giù fino alla Spagna e all'Italia. «Sai che ti dico?» esclamò il re a tutta voce. «Queste splendide figure mi hanno convinto. Scrivi alle nostre ambasciate di tutta Europa avvertendole che fra poco andremo a far loro visita.»

Alla scoperta del Vecchio continente

La corte entrò subito in fermento, bisognava preparare il grande viaggio; proprio in quei giorni giungeva a palazzo un nobile di notevole lignaggio, il conte Carlo Rantzau, accompagnato da un medico proveniente da Altona. Il medico si chiamava Johann Friedrich Struensee, un vero luminare famoso in tutta quella regione tedesca per le sue miracolose guarigioni.

Sapendo che il re stava cercando un sanitario di valore che viaggiasse con lui, il conte pensò di far cosa gradita consigliando al giovane Cristiano il suo amico scienziato della medicina. Struensee, a parte il valore grottesco e onomatopeico del suo nome, almeno in lingua italiana, era davvero qualcuno che sapeva farsi subito notare e apprezzare. Era bastato quel pomeriggio a tavola perché il re lo scegliesse non solo come medico di corte ma soprattutto come consigliere aggiunto in forza fra i suoi accompagnatori.

Al momento del brindisi giunse nel salone Carolina Matilde. Prima della partenza voleva salutare il marito. Tutti gli invitati

Il medico di Altona, Johann Friedrich Struensee

si levarono in piedi eseguendo l'immancabile inchino; egualmente senza sapere chi fosse quella splendida dama davanti alla quale tutti si prostravano, anche Struensee si unì alla flessione con riverenza.

Carolina Matilde accennò un bacio sulla guancia del re e gli mormorò: «Davvero non vuoi che io ti accompagni in Inghilterra? Sarebbe per me una straordinaria occasione per rivedere la mia città e riabbracciare la mia gente!».

«No, ti prego – rispose il monarca, – non accoglierlo come un gesto di insofferenza... è che ho bisogno di cambiare completamente registro alla mia vita. Lo vedi, non porto con me nessuno della gente che sto frequentando da che son nato!»

Evitando di esplodere davanti a tutti in lacrime, la regina se ne andò quasi correndo.

Si parte all'alba

La nave del re, sulla quale avevamo già preso alloggio, levava l'ancora e issava le vele alla prim'ora. Struensee, assunto come archiatra della corona, dormiva in una camera approntata vicino a quella del re. Il viaggio fu piacevolissimo, si andò veleggiando di costa e sfiorando isole in quantità, alcune fitte di vegetazione, altre che spuntavano dall'acqua come monumenti di pietra bianchi e azzurri, e poi canali percorsi con la nave spinta dai remi. Quanto è bello lo Jutland! Ci inserimmo in una di quelle lunghe fenditure, dove fin dalle rive spuntavano alberi in gran parte fioriti, avanguardia di una foresta carica di profumi. «Già – esclamò il re, – mi ero perfino scordato di ritrovarmi in primavera.»

Scendemmo in un porto ai piedi di un villaggio antico dove si allevavano cavalli in gran numero. Il re e noi due che lo accompagnavamo ci scegliemmo cavalcature di buona razza e cominciammo ad attraversare la foresta della penisola. Era tutto incantevole, con laghi e animali selvatici in quantità. L'ambiente fu davvero magico per il re e il suo cervello; si lasciò condurre a caccia e a pesca come in un gioco appassionante. Il suo stato di salute migliorava a vista d'occhio tanto che il medico Johann Friedrich esclamò: «E ora torniamo sulla nave, non esageriamo con le migliorie troppo impetuose... domani si va verso l'incantesimo, a Londra!».

Ed ecco che pochi giorni appresso la nostra nave entra a Londra percorrendo il Tamigi. Nel ricevimento di routine, la corona inglese non fu molto garbata con il re di Danimarca, evidentemente erano al corrente del modo a dir poco incivile con cui quella corte aveva trattato e continuava a trattare una loro principessa assurta al ruolo di regina. Ma Cristiano non dette molta importanza a quell'atteggiamento ostile, anzi si disse felice del regalo che la corte britannica gli stava elargendo nel lasciarlo libero del proprio tempo così da conoscere più da vicino i monumenti, gli stupendi giardini e soprattutto i teatri dove si allestivano opere a dir poco straordinarie.

Così ci capitò di assistere a spettacoli di musica e danze e commedie con pantomime e allusioni satiriche naturalmente ben camuffate.

L'archiatra, che spesso conosceva già quelle opere, ci informò della difficoltà in cui in quel tempo vivevano sia gli autori che gli attori che ne recitavano i testi. Una sera ci recammo in un teatro nei pressi del Tamigi per assistere a una rappresentazione che aveva per tema *I viaggi di Gulliver*, tratto dall'omonimo romanzo paradossale scritto da Jonathan Swift, il quale aveva più volte subito veti e intimidazioni da parte della censura. E, in quel caso, avemmo l'occasione di toccare con mano a che punto fosse arrivato il controllo del regno inglese sulla libertà di pensiero e di parola, giacché giunti al teatro lo trovammo sbarrato per ordine del controllore politico della città.

Spesso Johann Friedrich e io accompagnavamo il re anche nei parchi pubblici e nelle grandi strade di quella capitale; il monarca si divertiva anche alle corse di cavalli e sosteneva senza andare in crisi le urla e le grida degli scommettitori e dei maniaci di trotto e galoppo.

Un giorno Cristiano ci chiese di accompagnarlo al British Museum, aperto da pochi anni; strada facendo domandò a

Johann: «Ma che effetto vi fa essere chiamato "archiatra", cioè medico-capo di tutti i medici di corte?».

«Be', vi dirò che mi sembra quasi un insulto, se penso che all'origine i romani chiamavano *archiatrus* un medico che si prodigava a curare ammalati della classe povera, senza pretendere alcun compenso... Oggi al sentirmi chiamare così, con un nome tanto pomposo, mi pare addirittura ci sia l'intenzione di gabbarsi di me. È un controsenso talmente palese, dato il lauto stipendio che mi concedete!»

Io e il re ridemmo entrambi divertiti. Così, fra un'ironia e qualche risata, giungemmo alla scalinata che sale al museo. Ci accolsero due guardiani in livrea che spalancarono la grande porta.

«Ma siamo i soli visitatori!» esclamò il re. E Struensee gli rispose: «Già, da una settimana in qua è stata ordinata la chiusura di tutti gli edifici pubblici proprio a causa di un'epidemia di vaiolo esplosa nella città, mezza Londra è rimasta infetta da quel virus».

«E come mai per noi le porte si aprono?»

E io replicai: «L'artefice di tutto ciò sono io, ho chiesto all'attaché d'ambasciata di procurarmi un lasciapassare per visitare il museo ed ecco che straordinariamente la mia richiesta è stata esaudita».

«Ah – commentò Cristiano, – abbiamo con noi il magico Aladino!»

Mentre si transitava fra i reperti egizi capitammo dinnanzi a una mummia di faraone che mostrava il cranio forato. Una didascalia spiegava che Amenofei, così si chiamava il sovrano della quarta dinastia, aveva subito un intervento chirurgico al capo, realizzato con un trapano.

«A proposito di interventi medici – disse l'archiatra, – ieri sono stato a visitare Edward Jenner, il medico che in questo momento qui a Londra sta sperimentando con grande successo un antidoto contro il vaiolo. È veramente un genio: mi piacerebbe che voi, maestà, lo conosceste!»

«Per carità! Ho letto che il suo antidoto è tratto da cavalli, non vorrei che facesse esperimenti anche su di me e, come nelle satire di Luciano di Samosata, mi trovassi trasformato in uno stallone o addirittura in un bell'asino, pezzato magari!»

Entrammo in un gigantesco salone dove erano esposti altri reperti antichi e grandi quadri con santi e donne nude – non insieme però! Cristiano era eccitato: si rese conto che era la prima volta che visitava un museo di quelle dimensioni e di quel valore. Davanti a quelle opere chiedeva informazioni su tutto: che cosa rappresentassero, chi fossero i personaggi ritratti e se si trattasse di allegorie o fatti realmente accaduti.

«Chi sono quei soldati antichi che rapiscono delle donne urlanti? Chi sono quei naufraghi appesi alle loro navi rovesciate dalla tempesta?»

I dipinti che lo impressionavano di più erano quelli che raccontavano di battaglie con cavalli che stramazzavano al suolo colpiti da lance e frecce insieme ai loro cavalieri. Verso la fine della visita il re si lasciò cadere su una sedia e chiese per favore di concedergli di riposare un attimo: gli girava la testa ed era piuttosto sconvolto. Esclamò: «Quanti disastri! Ma spero che le battaglie in cui ancora oggi si scontrano gli eserciti, compreso il nostro, non siano delle carneficine di tanta bestialità».

E il dottore di rimando: «Vent'anni fa, nel tempo in cui più o meno avevo la vostra età, sire, nelle vesti di barelliere d'infermeria mi sono trovato al confine con la Polonia, in una battaglia del genere, uno scontro armato autentico. Dopo mezz'ora ero travolto da cadaveri e sangue come fossi capitato in una macelleria».

Cristiano si alzò di scatto e dirigendosi verso un'altra sala esclamò: «E poi la gente dice di me che sono pazzo per certe mie intemperanze. Ma cosa si dovrebbe dire di tutta quanta questa umanità che non sa far altro che scannarsi e far scorrere sangue come fiumi magari per una questione di fede o di razza?!».

Proprio dinnanzi a loro c'era un grande dipinto con uomini e donne trascinate con la forza, legati con catene. «E questi chi sono?» chiese.

«Prigionieri, schiavi che finiranno a lavorare per tutta la vita per arricchire sempre più i loro padroni» risposi io.

«Avete mai visto i contadini delle nostre terre, maestà? Sono gli stessi che vedete qui» intervenne Johann Friedrich. «I "servi della gleba", li chiamano così.»

«Sono quelli che abbiamo anche noi?»

«Certo!»

«Ma che cosa ci hanno fatto per punirli in quel modo?»

«Niente, è una regola, più che legale» continuò il medico. «Si catturano e si vendono, si comprano o si ottengono in eredità... Sono una merce.»

«Be', sono contento, forse questa mia infermità, che normalmente mi impone di starmene come un condannato dentro il perimetro della corte, devo ritenerla una fortuna che mi permette di evitare la conoscenza di questo mondo che sta appena fuori le mura del nostro palazzo. Devo dirvi, Johann, che ho imparato più cose straordinarie grazie a voi in queste poche settimane che non da tutti i maestri che fin da ragazzo mi avevano procurato dall'università e che avrebbero avuto il compito di fare di me un uomo di cultura.»

Qualche giorno appresso partimmo per Parigi. Visitammo altri palazzi, altri musei. Fummo ospiti del re di Francia, Luigi XV detto il Beneamato, nella reggia di Fontainebleau, dove incontrammo vari scienziati di tutte le discipline e allievi di Voltaire, Rousseau, Diderot, D'Alembert, e per la prima volta il monarca danese sentì trattare di materialismo enciclopedico; quindi lo informarono che Voltaire era sotto inchiesta della gendarmeria nazionale in conseguenza delle sue idee poco gradite, specie ai nobili ostili al re. Lo scrittore filosofo era fuggito in Prussia, in una località prossima alla Danimarca.

«Va bene, spero che fugga venendo da me, così riuscirei a conoscerlo per poi cacciarlo di persona! Ah ah ah, vi siete spaventati? È l'incongruenza normale della logica di un pazzo!»

Ritorno a Copenaghen

Dopo il gran viaggio, il re stava davvero meglio. Johann Friedrich Struensee chiese a Cristiano un lasciapassare perché gli fosse permesso visitare i più importanti ospitali della regione con qualche suo uomo di fiducia che lo accompagnasse in quella visita.

«Mi interessa molto conoscere con che metodo sono concepite le strutture che controllano la salute pubblica del vostro regno.»

«Senz'altro, chiamo subito il ministro competente.»

«E avrei bisogno anche di un accompagnatore di vostra fiducia che mi segua in questa ispezione.»

«Be', l'unico che stimo il migliore fra i miei collaboratori è senz'altro il conte Valdemar Sørensen qui presente» e indica me.

«Bene, se mi potete concedere la sua presenza ne sarei felice.»

Così entrambi risaliamo in carrozza e, di lì a poco, giungiamo al Frederiks Hospital. Varcando il maestoso portale, Struensee mi sussurra: «È meglio che evitiamo di agire con troppa sicumera. Non dobbiamo assolutamente dare l'impressione di essere arrivati con l'intento di un controllo».

«Sono d'accordo anch'io» dico. «È meglio farci passare per curiosi ignari venuti dalla provincia.» Ci fermiamo un attimo all'ingresso chiedendo di poterci incontrare col responsabile del sanatorio. Un incaricato ci accompagna lungo il corridoio centrale. A metà del percorso ci fa passare in una sala dove intorno a un tavolo sta il capo con i suoi collaboratori. Sono intenti a eseguire alcune analisi. L'inserviente porta in avanti delle sedie in modo che noi ci si possa accomodare. Medici e assistenti sollevano dei bicchieri, li portano all'altezza delle narici e annusano il contenuto. Quindi prendono nota su un foglio. Il capo va oltre nell'analisi: assaggia, come si fa col vino, il liquido nei bicchieri.

Struensee, dopo essersi presentato come medico condotto del contado, si inserisce nella disquisizione: «Immagino, dottore, che quel liquido sia orina».

E la risposta è: «Certo, è ancora il metodo più sicuro per scoprire se il paziente soffre di mancanza di sali e zuccheri o si trova in eccesso».

«Ma vedo che non sputate il campione dopo averlo assaggiato.»

«Sarebbe un errore» ribatte il medico. «È proprio gustandolo mentre scende nell'esofago che si può meglio dedurre la presenza di elementi nocivi nelle reni o nella prostata.»

Sto per esplodere in una risata senza controllo quando Struensee, da sotto il tavolo, mi sferra un calcio sugli stinchi. Mi ammutolisco gemendo e dopo un attimo vengo trascinato fuori nel corridoio dal mio maestro, che si è tramutato nel Virgilio della situazione.

Il direttore del centro ci chiede se vogliamo visitare i reparti dei degenti. Ci diciamo ben lieti e, arrivati nella corsia principale, veniamo presentati ad altri inservienti che vestono dei camici di color rosso scuro.

«Sono medici con funzioni particolari?» domanda Struensee.

«No, sono chirurghi.»

«E perché questa distinzione nel colore dell'abbigliamento?»

«Per non confonderli con i medici.»

«Ah, da voi i chirurghi non sono considerati medici?»

«Eh no, sono categoria a parte, non studiano i testi canonici e, oltretutto, non frequentando l'università, non conoscono il latino, e dunque sono privi delle nozioni fondamentali della medicina. A ogni modo vi assicuro che sanno bene il loro mestiere, soprattutto dal punto di vista dell'esperienza manuale.»

«E riguardo all'anestesia, quali espedienti adottate?»

«Be', i soliti, a partire dall'alcol dato da ingoiare prima dell'intervento a forti dosi, tant'è che dobbiamo scacciare spesso degli ubriaconi che, pur di bere a sbafo, invadono l'ospedale dicendosi affetti da morbi terribili e assolutamente bisognosi di interventi chirurgici immediati.» E qui mi è permesso di ridere senza vedermi preso a calci negli stinchi.

Struensee a questo punto scopre la propria identità svelando che egli proviene da Altona, dove ha appreso metodi all'avanguardia sia per le analisi che per gli interventi chirurgici, e dove, soprattutto, il chirurgo è considerato allo stesso livello del medico uscito dalle università.

«Come dire che avete aperto le scuole superiori anche per i chirurghi?»

«Sì, e queste innovazioni hanno creato grossi vantaggi, soprattutto sui problemi delle infezioni postoperatorie, e sulla prevenzione igienica con l'impiego di detergenti chimici coi quali nettarsi le mani prima di ogni analisi sul corpo umano. Inoltre, per l'anestesia, specie in Austria a Vienna e in Italia a Bologna, si è arrivati a servirsi di droghe provenienti dall'Oriente, come l'oppio, l'hashish e la cannabis, quest'ultima per gli interventi meno invasivi.»

A questo punto gli assistenti e lo stesso loro capo spingono la propria attenzione sul volto di Struensee con particolare stupore. Uno dei più giovani commenta: «Certo, noi siamo rimasti molto indietro con le innovazioni in medicina. Mi han detto che anche in Inghilterra ormai l'uso del lavacro e della disinfezione dei pazienti e degli strumenti chirurgici prima di iniziare qualsiasi intervento è all'ordine del giorno in ogni ospedale e che, a proposito del metodo che usiamo per l'analisi delle orine, i sapienti di mezza Europa si fanno un sacco di risate e piazzano il personaggio del nostro medico fra le maschere buffonesche delle farse teatrali».

Il figlio del re è in grave pericolo

Dopo la visita, tornammo insieme alla reggia per avere notizie del re. Incontrammo un capitano della guardia di corte che già conoscevo e chiesi notizie della salute del sovrano. «Sta sicuramente molto meglio – fu la risposta – tant'è che è partito in carrozza per il porto, intenzionato a raggiungere lo Jutland via mare per informarsi di un problema inerente le coltivazioni e il lavoro dei contadini della penisola.»

«Accidenti!» esclama Struensee. «Questo vuol dire che la notizia dei contadini costretti ancor oggi alla condizione di servi della gleba lo ha davvero coinvolto!»

In quel mentre ecco che appare sulla scala centrale la regina Carolina Matilde. Da come scende i gradini e dal suo atteggiamento a dir poco agitato capisco che debba avere dei problemi, perciò le andiamo incontro e la salutiamo. Accenno a una presentazione del nuovo archiatra ma lei mi interrompe con tono preoccupato: «Ho bisogno disperatamente di un medico, ho cercato Anthon Burkhardt, il pediatra, ma non si trova».

«Be', forse siete fortunata, mia signora. L'amico mio che volevo presentarvi è appunto l'attuale capo di tutti i medici della corte: Johann Friedrich Struensee. È lui che ha seguito il re per tutto il viaggio in Inghilterra e in Francia.»

«Oh – esclamò la regina, – arrivate proprio al momento giusto. Vi dispiace salire nelle nostre camere qui sopra e dare un'occhiata al mio figliolo? Pare non stia troppo bene.»

«Ma senz'altro, con piacere» rispose Johann Friedrich. «Fateci strada, signora» e subito affrettò il passo dietro la regina che saliva la scalinata che portava ai piani superiori. Io seguivo alle loro spalle. Fummo introdotti nell'appartamento regale verso la camera del piccolo erede. «Spero non sia niente di grave» commentò Carolina Matilde.

Entrammo nella stanza. Il medico appoggiò la mano sulla fronte e poi tastò le orecchie del bimbo, quindi gli chiese di spalancare la bocca, e subito esclamò: «È stata davvero una fortuna che voi mi abbiate incontrato, maestà. Il vostro piccolo erede mostra i classici sintomi del vaiolo!».

«Oh mio Dio! È il flagello che sta causando un disastro in tutta Europa!» si disperò la regina.

«State tranquilla, oggi lo si può curare. Proprio a Londra accompagnando il re ho avuto la fortuna di conoscere da vicino il medico che ha scoperto l'antidoto contro questo morbo. Un mio collega, Emil Frandsen, è un suo allievo e ha lo studio qui a Copenaghen, a qualche miglio dal vostro palazzo. Se mi permettete fra poco vado a procurarmi l'antidoto!»

Chiese alla regina di rimanere fuori dalla stanza: «Non vorrei che anche voi, mia signora, rischiaste il contagio. Lo stesso discorso vale per la servitù».

«Ma chi lo assiste allora?»

«Io!» disse Struensee. «Gli farò da medico, da infermiere e anche da servo di camera! Andate tranquilla e date ordine a tutte le vostre serventi di spogliarsi, cambiare gli abiti e lavarli nell'acqua bollente, e anche voi, maestà, fate altrettanto, con comodo naturalmente!»

Dopo essere rimasto solo con il piccolo ammalato, Struensee uscì dalla stanza, si fece portare un grande recipiente d'acqua e del sapone. Si lavò con attenzione le mani e si rese conto che le dita gli tremavano.

Cercava di non darlo a vedere ma era piuttosto emozionato. In quel momento ritornò la regina con indosso abiti nuovi. Struensee la pregò di rimanere fuori finché non fossimo tornati.

Imboccammo le scale e a mezza voce l'archiatra mi confidò: «Speriamo di farcela. Le percentuali di casi in cui il vaccino non ha avuto effetto sono ancora molto alte».

Ci facemmo accompagnare da due guardie alle scuderie poste a monte del parco, ci fecero salire su una carrozza con la quale ci recammo a gran velocità verso l'ospedale dove operava l'allievo del medico inglese. Di lì a poco eravamo di ritorno con l'antidoto già pronto per essere iniettato. Il collega danese di Struensee venne con noi e praticando l'iniezione commentava: «L'ho già usato questo antidoto qui a Copenaghen, per ben dieci volte, e in sette casi tutto ha funzionato, solo su tre pazienti non ha attecchito».

Per fortuna quello che iniettammo al piccolo Federico funzionò a meraviglia e il bimbo diede quasi subito segnali di miglioramento. Come seppe dell'effetto positivo dell'iniezione, la regina cambiò colore all'istante e non poté far a meno di abbracciare il medico che le aveva salvato il bimbo. Anch'io ero commosso. Struensee si era infilato le mani in tasca per evitare si scoprisse che gli tremavano. Io restai lì a tenere compagnia alla regina che rimaneva fuori dalla camera mentre il medico se ne stava seduto sul letto del bimbo a controllare che tutto andasse bene. Quindi ogni tanto tornava da noi a tranquillizzare la madre.

La regina poneva un sacco di domande a Struensee, specie su quel farmaco miracoloso. Innanzi tutto volle sapere come la medicina avesse agito. E il medico rispose: «In verità neanch'io fino a qualche tempo fa ne conoscevo la ragione». Quindi spiegò a entrambi: «In poche parole esistono due tipi di vaiolo: uno è mortale in gran parte dei casi, mentre il secondo, proveniente dalle mucche infette, non lo è. E si è scoperto che chi contrae questo vaiolo delle vacche poi è immune all'altro ben più pericoloso. È come se questo vaiolo più debole insegnasse al corpo umano a difendersi dal vaiolo mortale».

La regina disse: «È incredibile! Ma non ho ancora capito bene come vi procuriate questo farmaco».

E il medico spiegò: «Quel che si fa per curare l'ammalato consiste nel prelevare del siero da una persona colpita dalla forma animale del vaiolo e iniettarlo a esso».

La regina esclamò: «Adesso sì che capisco ancor meno...».

«Non preoccupatevi, maestà, ci sono ancora molti medici che si ritrovano nella vostra stessa condizione.»

«Ottimo, vuol dire che sono ignorante proprio come un medico disinformato.»

Esplodiamo tutti in una risata.

***

Elogio di uno scienziato privo di saccenza

A questo punto all'improvviso accade che allo svolgimento della storia narrata dal consigliere si aggiunga un nuovo brano del diario di Carolina Matilde. All'istante il racconto della regina si innesta proprio su quello del conte Valdemar. È lei che, riprendendo il suo diario, fa l'elogio del medico tedesco.

Si può ben dire che quest'uomo mi ricorda in tutto e per tutto il «medico volante» di Molière: egli riesce a trattare qualsiasi argomento con una leggerezza fantastica di forme narrative colte ma mai pedanti. Struensee è entrato nella nostra vicenda davvero magicamente e ogni volta la sua presenza si dimostra indispensabile.

Tanto io che il conte Valdemar ci troviamo a tessere le lodi dell'archiatra per il suo eccezionale intuito scientifico e per la cultura e coscienza umanistica che dimostra in ogni occasione. «Siete molto generosi» ha risposto il medico. «Ma io devo ammettere che queste mie idee mi sono state dettate dalla straordinaria forza che queste concezioni stanno producendo su tutti coloro che studiano con attenzione il fenomeno culturale che stiamo vivendo. Cioè l'Illuminismo. Stiamo rinnovando il nostro modo di trattare le questioni della coscienza civica, ma purtroppo è soltanto qualcosa che rimane all'esterno di una realtà, ha ragione D'Alembert quando commenta: "Tutti coloro che esercitano con sapienza il proprio lavoro, specie se realizzato con le sole mani e il sudore della fronte, sono l'autentica ricchezza di un paese".»

Nel suo diario la regina si dichiara molto colpita da quella frase e chiede allo scienziato di procurarle il testo di quegli autori dei quali egli ripropone spesso pensieri e concetti fondamentali in gran numero.

*A sua volta il consigliere, nel suo memoriale, narra di una sorpresa davvero stupefacente con la quale Struensee riesce a stupire e commuovere la regina: ha fatto recapitare alla signora l'intera collezione dell'*Enciclopedia *di Diderot e D'Alembert, trentacinque enormi volumi. Carolina Matilde, sconvolta, commenta: «Spero che non mi prendiate alla lettera per ogni mio desiderio, già solo per sfogliare questi giganteschi libri mi ci vorrà tutta una vita».*

***

Il consigliere riprende il suo racconto

Dopo una decina di giorni il piccolo principe era completamente fuori pericolo.

Quando ne ebbe notizia, la regina Carolina Matilde non seppe trattenersi dalla gioia e d'istinto fece il gesto di voler abbracciare il medico, ma si bloccò e il suo commento fu: «Non esageriamo, vi ho già abbracciato con trasporto una volta, non vorrei che di nuovo voi arrivaste a compiere un ulteriore miracolo per ottenere da me un'altra effusione di ringraziamento».

Il medico tedesco applaudì alla battuta della regina, proprio nel momento in cui il ciambellano di corte annunciava il ritorno del re dal suo viaggio.

Cristiano VII, con il ministro degli Affari interni, si trovava nelle scuderie con il suo cavallo. Era appena tornato dalla sua visita nello Jutland e nei territori della costa. Subito con l'archiatra, dopo esserci congedati dalla regina, scendemmo le scale per andare incontro a Cristiano di Danimarca. Lo trovammo in straordinaria salute, carico di entusiasmo e di notizie: «È stato un viaggio a dir poco fondamentale, ogni re dovrebbe organizzarne almeno cento all'anno di queste spedizioni. Non puoi gestire uno Stato e viverci senza conoscere fino in fondo come si muova la situazione nel tuo regno. Voi sapevate, mio caro medico, che la quasi totalità degli abitanti del nostro paese vive lavorando la terra? L'80 per cento dei coloni sono cittadini della Danimarca e della Norvegia».

«È una situazione che a mia volta non conoscevo» esclama impressionato lo scienziato tedesco.

E il re riprende: «Non solo, ma l'intera società danese sta in piedi quasi esclusivamente grazie all'agricoltura e al commercio delle derrate alimentari prodotte dalle coltivazioni frutto del lavoro contadino. In poche parole, se non ci fossero queste nostre centinaia di migliaia di lavoratori della terra, anche l'economia della città non riuscirebbe a tenere in piedi né lo Stato, né l'esercito, né tantomeno principi, generali, preti e vescovi che abitano e dirigono la nostra nazione. Per non parlare degli impiegati dell'amministrazione statale, che vivono solo grazie alle tasse che riescono a ottenere dalla produzione agricola e dal suo commercio».

«Se mi permettete, maestà – interviene Struensee, – devo ricordarvi che il vostro regno possiede anche delle terre in Africa, nelle Indie, nei Caraibi e in Oriente e che, consentitemi di rammentarvelo, grandi vantaggi sono prodotti anche dal commercio degli schiavi che nelle vostre terre procura introiti notevoli.»

«Questo lo so e di preciso. Mi ricordo perfino che la città di Serampore in India e il porto di Charlotte-Amalie sull'isola di St. Thomas rappresentano il secondo e il terzo centro per volume di commercio e numero di abitanti per l'intero impero danese. E le principali basi finanziarie dello Stato derivano dai tributi sul traffico navale lungo il canale di Øresund, verso e dal mar Baltico. Tanto per dimostrare che non sono proprio digiuno di economia vi dirò anche che da un secolo e più l'intera monarchia danese trae la sua posizione finanziariamente piuttosto forte da questa collocazione geografica. È una situazione che un paese civile non può ancora impunemente perseguire. Purtroppo le prime indagini che ho ordinato, su cosa ne pensino i proprietari e i gestori di quelle imprese, hanno dato risposte negative. I ministri che al governo hanno studiato il problema paventano che una revisione profonda dell'assetto attuale significherebbe provocare una vera e propria guerra fra il regno danese e i suoi sudditi padroni dei possedimenti nelle colonie. Non ci resta che aspettare circostanze migliori.»

***

La tristezza della solitudine

Dopo qualche giorno ecco che Carolina Matilde riprende a narrare gli avvenimenti nei quali si trova duramente coinvolta. Il suo racconto si apre con un passo della Medea *di Euripide:*

Fin da quando iniziamo a divenire femmine da marito ci ammaestrano a gestire la nostra condizione imponendoci un atteggiamento di umiltà e accettazione, dicendoci: «Attente, la donna col tempo avvizzisce, il maschio nel passare degli anni s'arricchisce nel fascino e nella potestà. Quando partorite v'illudete che quei figli saranno la vostra ricchezza. Errore! I figli diventano spesso il basto che alla vacca si impone perché chini il collo verso i piedi, in composta soggezione».

La dama di compagnia Louise von Plessen

Ogni giorno mi illudo che il re mio marito mi faccia visita e mi tenga fra le sue braccia, ma no, nessuna attenzione mi concede. Così ho mandato Louise von Plessen, la mia dama di compagnia, proprio su suo consiglio, a invitare il medico di corte perché venga ad ascoltare la mia tristezza e mi aiuti a uscirne almeno un poco.

Qualche ora appresso Struensee è arrivato da me. Ho pregato Louise von Plessen di rimanere con noi, e subito ho esposto le ragioni della mia disperata condizione.

«Quanto incide in Cristiano questa sua malattia? E soprattutto gli improvvisi mutamenti di umore e di affetto da che son dovuti? L'altro giorno l'ho scorto dalla finestra che transitava sotto il palazzo. Ho aperto le imposte per salutarlo e subito l'ho visto affrettare il passo e sparire nel bosco sottostante. Di lì ho dedotto che non sopportava nemmeno la mia vista. Come mi devo comportare? Che soluzione debbo prendere?»

Il medico rimane in silenzio un lungo tempo, poi dice: «Scientificamente questa sua condizione è detta alternanza caratteriale espressa da periodi catatonici, cioè a dire che all'istante, da una condizione serena e addirittura festosa, ecco che l'anomalo trasforma il suo atteggiamento in una repulsa, spesso totale, verso chicchessia, specie nei riguardi delle persone che normalmente ha in simpatia o addirittura ama. Sono in molti gli scienziati che hanno cercato di dare una logica razionale ai comportamenti dell'"invaso" – così viene chiamato chi soffre di questa anomalia. Ma ne è sortita solo una sequenza di "pare", "potrebbe", "si direbbe", "probabilmente" e così via. C'è chi dà la responsabilità di tutto alla luna, agli astri che appaiono improvvisi e a quelli che d'un tratto spariscono nel buio. Di fatto, nulla sappiamo di certo. Succede in questi soggetti che riescano ad accettare alcune persone e nello stesso istante ne rifiutino altre, alle quali fino a un attimo prima avevano espresso sentimenti di evidente simpatia. In poche parole, l'unica soluzione di comportamento è quella della pazienza assoluta, oppure diversamente il porsi in un'attitudine di totale disinteresse».

E io, quasi inorridita, esclamo: «Sarebbe come dire che, ai suoi occhi, dovrei sparire, dichiararmi inesistente ed egualmente ignorarlo come essere vivente!».

Dopo aver profondamente sospirato, il medico conclude: «Sì, a meno che non desideriate a vostra volta impazzire con lui. Già, perché la potenza dell'anomalo è tale che chi cerca di assecondarlo e vivere in conseguenza delle sue metamorfosi soccombe e ne eredita la follia».

***

Bisogna assolutamente cambiare

Qui s'arresta lo scritto di Carolina Matilde e, nella nostra ricostruzione, facciamo parlare di nuovo il conte Valdemar.

In un vecchio proverbio danese si trova una sentenza, a nostro avviso di segno inconsueto. «Siamo ormai abituati a classificare ogni gesto degli uomini con troppa semplicità e pressappochismo. Di un uomo che prende decisioni molto ponderate si dice che è un saggio, anche se poi il risultato di quella sua idea si dimostra disastroso; di un altro che all'improvviso e senza tergiversare impone di mettere in atto qualcosa di straordinariamente positivo e ci azzecca, diciamo che è un folle.» È quello che di fatto succede coi giudizi che si danno qui in Danimarca sull'agire del nostro re Cristiano VII. Egli ci ha convocati perché si collabori sotto la sua direzione al progetto di un rinnovamento totale dell'amministrazione di questo regno e del suo governo. I partecipanti sono il medico tedesco Struensee, io, che per l'occasione sono stato formalmente nominato consigliere ufficiale della corona, e due scrivani che prima della riunione si sono impegnati solennemente dinnanzi al re a mettere per iscritto le nostre conversazioni ma a tacere assolutamente di ogni nuova soluzione tecnica e definitiva di cui si verrà a trattare nel convegno in corso.

Viene data la parola all'archiatra tedesco, che espone i temi da prendere in considerazione nel dibattito. Egli inizia senza alcun preambolo: «Personalmente, come voi tutti potete ben constatare, mi sto esprimendo in lingua tedesca, che è la mia lingua naturale. Ma anche se non fosse così sarei costretto a parlare tedesco perché qui mi ritrovo alla corte di Copenaghen e, in questo regno, davanti al re, è d'obbligo esprimersi in *Hochdeutsch*, il germanico di Hannover. Da sempre la casa reale danese ha tenuto fede a questo idioma? Niente affatto. In tempi antichi, nelle famiglie di tutti i re danesi, si parlava il danese. Chi si fosse espresso con altro linguaggio sarebbe stato cacciato da palazzo senza doversi servire delle scale».

Interviene il re, che commenta: «In verità, in gran parte delle case reali d'Europa, a partire da quella inglese, si parla una lingua diversa da quella con la quale si esprime il popolo dei sudditi».

«Se mi permettete, maestà – dico io, – credo che questo distacco imposto attraverso la lingua dall'aristocrazia al popolo intero sia un'aberraggine inaccettabile. Non solo per l'effetto disastroso che questa dicotomia produce alla comunicazione – per cui i contadini, gli artigiani, gli operai si ritrovano estranei alla classe dominante – ma anche dal punto di vista della nazione. Chi comanda e ha il potere parla la sua lingua personale e gli altri, i minori, quella popolare. Come si può pretendere che si produca un momento di comunione etnica con un preambolo del genere?»

E il re di contro: «Insomma, in poche parole voi mi state proponendo di cancellare la lingua danese e costringere i contadini, i muratori, gli artigiani ad apprendere il tedesco puro, quello di Hannover! Vi immaginate cosa ci costerebbe una trasformazione simile?».

«No, maestà – interviene il medico, – non intendevamo questo, ma il suo rovescio.»

«*C'est-à-dire?*»

«Sono i nobili e la famiglia reale che nel nostro caso dovrebbero impararsi il danese. Giacché sembra assurdo, ma in più di un caso mi è capitato di incontrare nobili che, interpellati nella lingua danese, non comprendevano cosa andassi dicendo.»

«Ho capito, sono in minoranza» ammette il re. E conclude: «A ogni modo indiremo una dieta per invitare tutta la classe dei nobili a dare il proprio parere. Andiamo avanti. Se mi permettete vorrei fare io una proposta».

«Prego, ne avete la facoltà» dice con ironia Struensee.

Il re, ringraziando, prende la parola: «Voi sapete che Federico IV era mio bisnonno, ed egli è famoso perché aveva studiato architettura da autodidatta e, fin da ragazzo, lavorando per anni con un gruppo di carpentieri, aveva ricostruito con modelli in scala uno a dieci i prototipi di tutte le imbarcazioni prodotte dai principali arsenali di Danimarca e Norvegia. Questa collezione fa parte del tesoro esposto nella nostra raccolta reale. Se non l'avete ancora fatto andateci, vi do io il permesso. Non perdete l'occasione, è straordinario».

E a mia volta, entusiasta, rispondo: «Senz'altro, maestà, io ci andrò prima di sera. Ma, se mi è permesso, perché avete accennato al vostro bisnonno Federico IV e alla sua passione per le navi?».

Nave danese

«Per ricordarvi che il XVII secolo è stato per la Danimarca e la sua marina uno dei momenti più floridi della nostra storia. Oggi gli armatori più potenti del nostro regno non sono danesi ma norvegesi, e le loro flotte si sono unite alla Compagnia delle Indie, coinvolgendo nell'operazione anche il grande arsenale danese.»

«Ma la Compagnia delle Indie – dico io – dipende sempre nella sua autonomia dal progetto generale del governo nazionale.»

«Non sempre, purtroppo» interviene Struensee. «In questo momento, per esempio, la Compagnia è riuscita a fagocitare tutte le flotte di trasporto indipendenti del nostro paese.»

«Esatto» testimonia il re. «Non solo, ma è sempre la Compagnia in questione che decide chi favorire nelle operazioni di trasporto di manufatti e derrate nei vari mercati, dall'Oriente all'Occidente.»

«Perfetto!» esclamo a mia volta. «E mi permetto di sottolineare che anche il restauro e la costruzione di nuove navi sono gestiti in completa autonomia da questa organizzazione, che ha impiantato il taglio del legname e la realizzazione delle centine delle paratie fisse e mobili d'ogni scafo direttamente al limitare delle foreste norvegesi, cioè a dire a centinaia di miglia dai nostri cantieri. Così che, una volta eseguiti e raccolti tutti i vari elementi costituenti l'imbarcazione, già ultimati, vengono caricati su navi transito della Compagnia fino all'arsenale dove viene eseguito l'assemblaggio d'ogni singolo natante.»

«Ma è un procedimento di montaggio davvero geniale!» commenta entusiasta Struensee. «Con un sistema del genere immagino si riescano a ridurre i costi di cantieraggio almeno della metà!»

«Sì, ma nello stesso tempo – intervengo io – in questo modo si è giunti a distruggere tutti i nostri cantieri tradizionali con il risultato di portarli al fallimento, creando una tragica disoccupazione fra migliaia di carpentieri e maestri navali. Per finire voglio ricordarvi che i marinai scelti perché facciano parte dei vari equipaggi non vengono più ingaggiati sulle nostre coste ma in Africa, nelle Indie, nei Caraibi, sempre a causa della logica del risparmio, che significa poi profitto illecito!»

«Perché illecito?» chiede il re.

«Per la semplice ragione che lo statuto del nostro governo da secoli dice che i primi marinai con diritto di ingaggio sono i nostri, delle nostre coste, che oggi si ritrovano a terra, ridotti alla fame!»

«A questo punto – dice Struensee – propongo che Cristiano, il nostro re, indica al più presto un congresso al quale siano invitati gli imprenditori marittimi e i costruttori di vascelli, sia quelli che sono associati alla Compagnia delle Indie che i membri della libera carpenteria. E non bisogna dimenticarci di invitare al dibattito i rappresentanti dei nostri marinai rimasti senza ingaggio.»

«Mi permetto – dico io – di ricordare il problema delle case di assistenza per ammalati. Con il dottor Struensee ho avuto l'occasione di visitare alcune di queste opere di cura, e ne sono rimasto a dir poco sconvolto.»

«Perché? Qual è la ragione di tanto stupore?» chiede ancora il re.

E Struensee di rimando: «Per l'esistenza di una vera e propria dicotomia tanto assurda fra la categoria dei medici e quella dei chirurghi, dove questi ultimi sono considerati alla stregua di aggiustaossi e mozzapiedi e altre arti in genere».

Il re, fortemente indignato, esclama: «Ne ho sentito già parlare tempo fa. Dobbiamo assolutamente fare un salto di qualità, metterci alla pari con i paesi più evoluti. In poche parole, nelle università, i chirurghi devono avere la possibilità di trovarsi alla pari con i laureati in Medicina». E conclude: «Sono molto soddisfatto del risultato di questo nostro primo incontro. Abbiamo posto sul tavolo del governo una serie di provvedimenti che porteremo a conoscenza di tutte le categorie interessate e coinvolte. Ma vi dico subito che ci troveremo in gravi difficoltà appena proporremo di uniformare la lingua di Stato, imponendo ai nobili di apprendere ed esprimersi nella nostra lingua nazionale, il danese».

A mia volta, a questa osservazione del re, non riesco a evitare un commento piuttosto drastico: «Avete ragione, vostra maestà.

Io stesso posso testimoniare che l'atteggiamento dei nobili, a cui non mi sento affatto orgoglioso di appartenere, dimostrerà la solita ottusità partigiana e assolutista. Blatereranno: "Noi parliamo come ci pare, e siamo disposti a smettere di usare il tedesco per sostituirvi il sanscrito o il nibelungo, ma mai questa lingua da rozzi che è il danese!"».

A darmi man forte entra subito in battuta il medico: «Ma la sguaiatezza dei nostri interlocutori medici sarà certamente più travolgente. Monteranno barricate all'ingresso delle università per bloccare chirurghi, infermieri e portantini».

«Non parliamo poi – esclama il re – di quando esporremo il nostro progetto ai membri della Compagnia delle Indie e consociati! Posso scommettere fin da questo momento che la loro brutalità dialettica farà esplodere rivolte e reazioni anche violente da parte di carpentieri e marinai, ridotti alla disperazione.»

***

Il figlio della regina madre è impotente?

All'istante ci troviamo di fronte a uno scritto di Carolina Matilde, la quale racconta del dialogo fra lei e Struensee che ha dato appuntamento alla regina, guarda caso, proprio nella sala dei modelli di nave. Eccovi il dialogo.

Non avevo proprio idea di che cosa volesse parlarmi Struensee, evidentemente di qualche argomento piuttosto segreto, tant'è che, giunta dinnanzi al relitto stupendamente restaurato detto *Scafo di Oslo*, ho veduto aprirsi leggermente la porta principale di fondo, dalla quale sortiva una mano che mi invitava a entrare.

Attraversai rapidamente quel passaggio e mi trovai dinnanzi al medico tedesco, che mi sorrise e mi accompagnò verso un tavolo contornato da poltrone foderate di raso. Ci sedemmo entrambi, uno in faccia all'altro, e lui cominciò col dirmi: «Sono felicissimo di vedervi, signora. Innanzi tutto desidererei avere notizie di vostro figlio».

Gli risposi che Federico era in ottima salute e che cresceva a vista d'occhio. Ormai aveva tre anni. Si disse felice per lui, quindi venne al dunque: «Vi ho disturbata, signora, per un fatto inatteso: la matrigna, come ormai tutti la chiamano – sto parlando naturalmente della regina madre Giuliana Maria –, all'improvviso l'altro giorno è arrivata nel mio studio di Prinsens Palæ, trattenendo a stento le lacrime: "Ditemi subito – ha iniziato parlando con fatica, – ditemi subito se sono inopportuna. Il fatto è così delicato che ho dovuto giungere da voi senza appuntamento per evitare qualsiasi pettegolezzo".

«"Di che si tratta, maestà?" ho risposto io imbarazzato, offrendole una poltrona perché si sedesse.

«"È per mio figlio Frederik. Si chiama così anche lui, ma non è un bimbo, voi lo saprete, ormai ha compiuto diciotto anni ed è quindi fuori dall'adolescenza, cosicché, come ogni ragazzo della sua età, ha smesso da tempo di confidarsi con sua madre, specie quando si tratta di problemi che cadono nell'ambito del pudore."

«"Lo capisco, del resto è una condizione del tutto normale... Ma, nei particolari, di che si tratta?"

«"Scusatemi se sarò tanto esplicita, ma in queste circostanze penso sia pericoloso comportarsi con reticenza. Quindi parlerò del tutto francamente. Temo che mio figlio sia sessualmente inetto."

«"Sessualmente inetto? Non capisco..."

«"Insomma... è impotente..."

«"Nel senso che non prova alcuna eccitazione riguardo alle femmine?"

«"Sì, è proprio così."

«"Be', è una situazione difficile da risolvere senza una visita specifica e approfondita, e soprattutto se non si ha l'opportunità di parlare con l'interessato. E non so oltretutto se io mi trovo all'altezza di realizzare un'analisi tanto complessa."

«"Dottor Struensee, prima di venire a disturbare voi ho chiesto consiglio a miei amici e a parenti fra i più saggi. Quasi all'unisono tutti mi hanno indicato la vostra persona come la sola in

grado di risolvere questo caso. Ed è per questo che ho portato con me mio figlio."
«"Vostro figlio? E dove sta?"
«"È qui fuori, se voi permettete ve lo faccio conoscere."
«Così dicendo la regina madre, senza attendere un mio consenso, ha socchiuso la porta d'ingresso e ha chiamato a sé suo figlio Frederik, che è entrato all'istante».
Io ascoltavo il racconto del medico stupita e quasi incredula. E a 'sto punto mi venne naturale chiedere come mai Struensee mi stesse confidando una simile storia. E lui subito mi rispose: «Ho bisogno di un vostro parere e consiglio».
«Ma che consiglio volete che vi possa offrire, dottore? Io personalmente sono del tutto ignorante in materie scientifiche... Tanto più davanti a un caso di impotenza sessuale...»
E lui: «Non è questo il motivo della mia confidenza e della richiesta di aiuto... Ma forse è meglio che io prosegua nel mio racconto. Appena entrato, il giovane principe mi strinse la mano e, senza attendere un mio cenno, cominciò a spogliarsi. Io lo bloccai e dissi, quasi perentorio: "Prima ho bisogno di parlare con voi, altezza". La regina madre fece sedere il figlio e gli ordinò di rispondere con tutta sincerità alle mie domande. "Maestà – la interruppi all'istante, – mi dispiace, ma voi non potete rimanere qui ad assistere a questo mio dialogo con vostro figlio il principe. È una situazione che non regge davanti a una signora, anche se si tratta dell'augusta madre." Accennando sottovoce a espressioni risentite, la regina madre uscì di scena. Subito iniziai con le domande al giovane, che mi rispose impacciato, ma questo era del tutto naturale. Mi confidò che, due anni prima, aveva avuto una relazione con una ragazza, esattamente una cugina più giovane di lui. Un'esperienza che si risolse in un piccolo disastro: la ragazza non faceva altro che ridere della sua palese inesperienza. Con l'aiuto di amici più maturi di lui fece conoscenza, questa volta molto più positiva, con una prostituta: "Era molto simpatica – raccontava, – soprattutto completamente disinibita. Mi faceva sentire a mio agio, mi baciava dappertutto ma all'apice del gioco mi bloccai. Di colpo

quell'amplesso mi infastidiva, peggio, provai un senso di paura seguita da nausea. 'Non ti spaventare – mi rassicurò con dolcezza la figliola, – succede, specie le prime volte. Sono certa che se ci incontriamo ancora riuscirai a ritrovare il piacere che ti esaltava all'inizio.' Ma non è andata così: al successivo appuntamento, appena l'affabile prostituta cominciò a spogliarsi, io la fermai e le misi in mano del denaro. Quindi indossai la giacca, calzai il cappello e uscii dalla stanza, tenendo le scarpe fra le mani per la fretta che avevo di andarmene"».

Io, che lo ascoltavo attonita, non potei fare a meno di interromperlo: «È una storia molto coinvolgente – commentai, – al limite dell'assurdo, ma continuo a non capire perché la stiate raccontando proprio a me, dottore».

«Abbiate pazienza ancora un attimo, maestà – mi rassicurò il medico, – fra poco capirete tutto.»

E riprese il racconto: «Pregai il principe di togliersi i pantaloni. Feci una visita, forse un po' troppo sommaria, ma non mi serviva granché conoscere il particolare responsabile di tanta ambascia. Diedi tempo al principe perché si rivestisse, feci rientrare la regina madre e subito le offrii il mio responso: "Vostro figlio, maestà, non denuncia nessuna anomalia da un punto di vista clinico. Il suo comportamento davanti a una femmina, oltretutto ben disposta a coinvolgerlo, non è assolutamente preoccupante. Sono certo che fra non molto troverà l'equilibrio necessario a riscoprire soddisfazione e piacere in un gioco erotico appropriato". La regina madre emise un grande sospiro, licenziò suo figlio e mi strinse la mano accennando perfino a darmi un bacio sulla guancia. "Sapeste, dottore, che forza liberatoria hanno per me queste vostre parole. Non so come ricambiare la gentilezza e la generosità che mi avete dimostrato."

«"Ma figuratevi" dissi io sempre più impacciato.

«"Ah, mi è venuta un'idea!" fece lei. "So che voi, dottore, state cercando casa."

«"Sì, è vero, ma da chi l'avete saputo?"

«"Non importa. Al contrario è utile che voi veniate a conoscenza di un'occasione straordinaria che vi si presenta."

«"E sarebbe, quest'occasione?"
«"Per tutto ciò che state facendo per la nostra nazione voi meritate di ottenere un riconoscimento. Ho saputo delle innovazioni che, insieme al nostro re, state per varare in merito alla ristrutturazione degli ospedali e dell'università, quindi dell'impegno che avete assunto per risolvere il problema della crisi in cui si stanno trovando marinai, navigli e il trasporto delle merci. Solo la proposta di queste riforme è sufficiente a rendervi benemerito della nazione, perciò abbiamo deciso di valerci della potestà di creare la nuova carica di primo ministro apposta per voi, la qual cosa vi darebbe il diritto di prendere residenza nel palazzo reale, ed esattamente al primo piano, nell'ala ovest."»

E io subito esclamo: «Ma esattamente sopra quelle tre camere si trova l'appartamento dove con mio figlio io vivo!».

«Proprio così» conclude il medico. «La Vecchiaccia ha giocato tutta la sceneggiata del figlio impotente, della visita, del mio responso finale positivo, solo per poi arrivare a propormi il titolo di ministro con la consegna del trofeo finale.»

«E la coppa in palio, come è ovvio, sono io! Evviva! Evviva! Al campione consegnate in dono il cuore della regina con tutto il suo amore!»

«Ecco, brava! Avete scoperto dove la Vecchiaccia voleva arrivare! Quindi capirete con me la ragione che mi ha condotto a svelarvi immediatamente il macchinamento a dir poco infame che la matrigna con il suo pargolo hanno messo in scena.»

«È terribile, ma voi pensate davvero che il figlio abbia recitato apposta, su ordine della madre, la parte del povero impotente?»

«Ne sono più che convinto.»

«Ma ci troviamo di fronte a una coppia di lestofanti! Eh già. Entrambi hanno l'ansia di smontare ogni nostra credibilità: voi come irreprensibile consigliere di Cristiano e io come madre del bimbo che non bisogna permettere possa salire al trono. E come dobbiamo comportarci quindi?»

«Son venuto proprio da voi, signora, per trovare una comune posizione. A mio avviso dovremmo continuare a recitare a

nostra volta il ruolo dei candidi allocchi, così da scoprire fino in fondo tutta la trama del maneggio e, soprattutto, avvertire, se ci è possibile, anche il re della situazione.»
«E pur di stare al gioco voi pensate che dovreste accettare davvero di venire ad abitare nella mia stessa ala del palazzo?»
«Questo è da vedere. A ogni modo io penso che per non permetter loro di far esplodere lo scandalo dovrei restarci solo di giorno, insieme ai miei collaboratori, e andarmene appena sta calando il sole.»

Uno straniero al governo di Danimarca!

E ora vi proponiamo i testi del giornale più diffuso in Copenaghen. Siamo nel gennaio del 1770. Il titolo di prima pagina è: «Il re nomina l'archiatra di corte alla carica di primo ministro. Stupore dei maggiorenti della città. L'intento del re è quello di rinnovare e soprattutto spingere il nuovo governo a produrre riforme sostanziali».

L'articolo comincia con l'elencare in quale ambito verranno imposte trasformazioni rilevanti:

Prima fra tutte è la questione degli ospedali e, soprattutto, l'intento di elevare il livello di conoscenze tecnico-scientifiche dei chirurghi, che quindi dovranno «tornare a scuola», in particolare nelle università, fino a meritare la laurea dottorale. Il secondo provvedimento riguarda la lingua nazionale: si imporrà alla classe dei nobili e dei responsabili governativi di apprendere la lingua dei nostri padri, cioè il danese. Terzo atto sarà la ristrutturazione totale della marineria, dalla fabbricazione dei natanti, al trasporto delle merci e riguardo l'ingaggio dei marinai. Sulle navi battenti bandiera del nostro paese tutti gli uomini di mare dovranno dimostrare d'essere cittadini di questo nostro Stato. Inoltre il governo dovrà proteggere gli arsenali gestiti dalle antiche corporazioni, che lo strapotere della Compagnia delle Indie sta cancellando in tutto il Baltico.

La settimana appresso ecco che esplode una vera e propria rivolta nazionale. Ne danno notizia tutti i quotidiani:

I nobili e dirigenti dell'amministrazione regia rifiutano di adeguarsi alla trasformazione linguistica. I medici laureati minacciano una serrata contro la metamorfosi statale dei chirurghi in medici. La Compagnia delle Indie si oppone a che vengano imposti marinai esclusivamente danesi e rifiuta di moderare i propri vantaggi e privilegi nell'ubicazione e gestione dei cantieri.

Immediatamente il re, su suggerimento del primo ministro Struensee, risponde alle compagnie egemoni ordinando che ai cantieri non propensi ad accettare le nuove direttive venga ritirato il diritto di produzione di navi di qualsiasi stazza. Molti marinai senza lavoro, costretti a terra, applaudono, ma, di contro, operai, carpentieri e maestri di cantiere si lanciano contro il castello, decisi ad abbattere ogni cosa.

Insomma, l'idea del rinnovamento fa esplodere un vero e proprio risentimento nazionale.

Ma in tutto questo bailamme dobbiamo porre l'attenzione su ciò che avviene in una particolare frangia della corte. La regina madre e il suo figliolo, nonché un nutrito gruppo di nobili e tirapiedi, si scoprono palesemente d'accordo con la reazione.

«È un grave errore di comportamento!» dichiara il conte Valdemar. «Una mossa autolesionista che mette in evidenza troppo smaccatamente i progetti della regina madre, cioè procurare una pessima reputazione al re, definito pubblicamente "l'imbelle manovrato da stranieri", sfasciare il nuovo governo e sostituire il re pazzo con il diciottenne Frederik. Il principe ereditario legittimo non è eleggibile! Non ha ancora compiuto i cinque anni.»

La contromossa di Struensee è quella di venire a patti immediati con i rappresentanti degli operai di cantiere e coi dirigenti della Compagnia egemone. Egli offre collaborazione e privilegi particolari, nonché qualche onorificenza qua e là, a vantaggio dei più riottosi. Ed ecco che tutto si placa.

In quei giorni il re, quasi su ordine del cambio di luna, cade in una crisi che sgomenta tutti. All'istante aggredisce ognuno dei suoi collaboratori, insulta il giovane conte, suo consigliere, gli addetti di camera al suo servizio e soprattutto rifiuta di incontrare Struensee, che di là della porta, richiuso nella sua stanza, egli chiama «faccendiere da quattro soldi». «Non voglio più vedere né te né quella puttana che ho preso in moglie che va intorno usando del figlio che mi ha sfornato come fosse uno scudo invalicabile!» *Nella notte poi va a bussare alla porta della camera della stessa Carolina Matilde, la sfonda a pedate, quindi getta manciate di monete addosso a lei, che tentava di tranquillizzarlo. Per fortuna le viene in aiuto la sua dama di compagnia, che riesce ad afferrare le braccia del forsennato e ad accompagnarlo nelle sue stanze. Matilde, gettatasi sul letto, non riesce a trattenere un pianto che dura tutta la notte.*

La danza sul ghiaccio

Il giorno dopo, Louise von Plessen, la dama di compagnia, che dimostra un affetto totale verso la giovane regina, le fa un discorso da autentica amica. Il testo di questo intervento lo troviamo riscritto giorni dopo dalla stessa Matilde:

«È un grave errore quello di lasciarsi andare alla disperazione, come state facendo – così ha cominciato la mia dama, – non risolve nulla. Io conosco bene questa vostra situazione, l'ho vissuta qualche anno fa, quando l'ultimo mio amante se ne andò per vivere con un'altra donna tanto più giovane di me. E sapete come mi sono salvata dal suicidio? Montando un cavallo che mi era tanto caro, per intere giornate, senza quasi mai scendere dalla sua groppa. Dovreste fare lo stesso, non montando cavalli, che so non è del vostro genere, ma, visto che vi piace tanto lo scivolare sul ghiaccio con i pattini e danzare, ora, immediatamente, ve li calzate, vi mettete addosso un abito adatto e io vi accompagno qui di fronte, sul lago ghiacciato, e là potrete librarvi come una danzatrice da torneo.»

 E mi ha costretto, quasi di forza, a ubbidire ai suoi ordini. Mi muovevo come un'incantata delle favole. Mi trovai sul bordo del lago, mi infilai i pattini e cominciai a volteggiare come appesa ai fili della graticcia di un teatro. Roteavo sul ghiaccio che rifletteva il sole come uno specchio magico. La mia amica non perdeva un istante della mia danza e a ogni figura che eseguivo applaudiva. All'istante, dopo un *tournedos renversé*, sentii scricchiolare il ghiaccio sotto i piedi, e all'immediata un largo triangolo bianco si spalancò, e mi trovai inghiottita dall'acqua fino a sparire. Louise si precipitò sul bordo e riuscì ad afferrarmi per l'abito prima che ritornassi sotto. Si mise a gridare, mentre mi stringeva a sé. Di lì a poco ecco che appare Struensee, che, sentendo quelle grida, era accorso immediatamente e senza por tempo di mezzo si gettò in quel triangolo scoperto di lago, si avvicinò a me e mi portò fuori dall'acqua. Quindi, aiutato da Louise, riuscì a stendermi sul ghiaccio. Poi si piegò subito verso di me, con uno slancio inimmaginabile mi sollevò di peso e urlò: «Le vesti! Strappiamole le vesti, ché sta soffocando!». Infatti il ghiaccio che m'era rimasto addosso si stava incollando al mio corpo. Così, in un attimo, mi trovai completamente nuda. La mia amica a sua volta si tolse gli abiti di dosso con fatica. Il medico non si era fermato ad aspettarla, stava correndo con me sospesa fra le sue braccia. Entrò nel suo appartamento, dove due suoi assistenti stavano sgombrando il grande tavolo. Struensee gridò: «La coperta che sta sul mio letto, portatela qua, subito!». Mi avvolsero in un grande drappo e, tutti e tre insieme, cominciarono a massaggiare il mio corpo muovendo il drappo in tutte le direzioni. Ero svenuta, ma piano piano ritornai a respirare quasi normalmente e a gemere. Ero salva.

Ho ripreso conoscenza completamente non so quanto tempo dopo. Come ho aperto gli occhi ho notato accanto a me la mia amica sdraiata sul letto, anche lei avvolta in un grande drappo come me.

«Ce l'abbiamo fatta!» esclama lei, e allunga una mano per accarezzarmi il viso.

E io commento: «Se non ci fossi stata tu a gettarti al salvataggio con tanta generosità, a questo punto starei galleggiando sull'acqua gelata, proprio come Ofelia. Non ricordo quasi nulla di quello che è successo. Ho la memoria dell'acqua che mi ingoia come una cataratta, poi il tuo grido e qualcuno che mi sbatteva qua e là. Mi pare che fra gli accorsi vi fosse anche il nostro medico di corte».

«Certo! È lui in verità che vi ha salvata!»

«E quelli che ti hanno strappato le vesti?»

«Due o tre uomini della servitù, mia signora. Entrambe, per essere salvate dall'assideramento totale, siamo state spogliate nude.»

«Oh mio Dio, e tutti quegli uomini ci hanno viste...»

«Sì, del tutto nude! E speriamo non siano rimasti delusi...»

«Come potrò, ora, non sentirmi svenire nel momento in cui incontrerò gli occhi di Struensee?»

«Non temete, lui è medico e per lui è normale ammirare le pazienti spogliate.»

«E dire che quel pattinare sul ghiaccio, nel nostro programma, doveva servire a togliermi dall'idea di voler morire!»

«Forse la colpa di tutto sono io – esclama Louise – che non ho verificato se il ghiaccio poteva reggere ancora.»

«Be', ti dirò, se lo scopo era quello di cavarmi dalla testa idee suicide, ci voleva proprio quel bagno gelato. Evidentemente faceva parte dell'intera terapia. Tutto è bene ciò che finisce in Gloria.»

A questo punto, per poter continuare il racconto in modo documentato, siamo costretti a proiettarci in avanti di un anno e più, al momento in cui la seconda dama di compagnia della regina, che ha sostituito Louise von Plessen, cacciata dopo l'incidente del lago gelato, viene ad avvertire Carolina Matilde che ha saputo con certezza che il primo ministro Struensee verrà arrestato alla fine della giornata. La regina si precipita al piano di sotto, dove poco prima ha sentito dei rumori, sperando di raggiungere il medico in quello che ormai è diventato il suo ufficio.

Lo trova vuoto, e nota che moltissimi dei documenti che Struensee teneva sugli scaffali sono spariti. Ne è rimasto solo uno, un volume di grandi dimensioni. Lo sfoglia e capisce che è un testo in cui sono raccolti canti sacri scritti in latino su pagine e pagine di pentagrammi. Si porta via il volume e, risalita al suo appartamento, tornando a sfogliare il testo sacro, si rende conto, dal momento che da ragazzina per ben cinque anni ha studiato il latino, che le parole scritte lungo il pentagramma non fanno parte di un canto, ma sono note di un racconto che si snoda per tutto il libro.

Evidentemente il medico aveva cancellato i testi originali e, al loro posto, sempre nelle pause del pentagramma, aveva segnato in latino gli avvenimenti accaduti in quell'ultimo anno.

Immediatamente la regina consegna quel testo e altri appunti alla dama di compagnia, aggiungendo: «Molto probabilmente verranno ad arrestare anche me. Spero che non arrivino a condannarmi al patibolo. Se riuscirò a cavarmela, appena libera, verrò a cercarti».

La previsione di Carolina Matilde si rivelò esatta. Scampò alla decapitazione e fu condannata all'esilio perpetuo ad Hannover, possesso del re d'Inghilterra, dove si trovava esiliata anche la sua prima dama di compagnia, Louise von Plessen.

***

Ed è a questo punto che, a nostra volta, possiamo leggervi il diario nascosto di Struensee, che ha inizio con il racconto di una sua visita al re Cristiano.
Eccovi il preambolo trascritto dal latino.

A proposito di pazzia

Trascorso qualche giorno in cui Carolina Matilde stava smaltendo un leggero fastidio ai bronchi, causato dal bagno gelato, mi sono recato a far visita al re nel suo appartamento e l'ho trovato nella sua stanza seduto sul pavimento, intento a smontare un modello ridotto di nave, con tanto di fiocchi e rande.
Il re ha sollevato appena il viso per accennare un saluto e ha aggiunto: «Oggi non sto proprio male, tant'è che sono riuscito

a strizzarmi il cervello fino a ricordarmi il pandemonio che ho combinato qualche giorno fa. Mi scuso profondamente per le offese che ho lanciato a voi, caro amico, e soprattutto a mia moglie, la regina, che non merita proprio queste mie folli sberciate».

«Non c'è niente di cui scusarsi, maestà. In questi casi, ve l'ho già più volte accennato, il colpevole non siete voi ma il male che vi governa. A proposito, ieri, a un simposio scientifico, ho avuto l'occasione di incontrarmi con un medico esorcista.»

«Medico esorcista? Ne ho sempre sentito parlare, ma in veste di guaritori ciarlatani...»

«No, questo è proprio uno scienziato che da anni studia gli effetti del rito messo in atto dai frati e preti esorcisti nel tentativo di provocare i cosiddetti indemoniati e creare in loro reazioni liberatorie.»

«Ah sì, ora mi sovviene. So che soprattutto nei paesi del Mediterraneo si eseguono vere e proprie kermesse stregonesche, dove gli ossessi danzano, fanno capriole e mimano amplessi di un erotismo scatenato.»

«Proprio così: scatenato. E vi dirò che spesso quelle terapie funzionano, purtroppo per qualche giorno soltanto, giacché la pazzia, scusate se con voi sono sincero, è una bestia saltabeccante, che va, viene, ma torna sempre puntuale al cervello di chi ne è colpito.»

«Già, come dire che non c'è speranza alcuna, per quanto mi riguarda. Non mi resta che approfittare dei momenti di calma come questo e cercare di goderne a sazietà. Io vi devo molto, caro amico. Voi siete fra le persone più leali che io abbia incontrato.»

«Diciamo che faccio di tutto per offrirvi il meglio di me, ma voglio anche ammettere che purtroppo non posseggo sempre la forza sufficiente a liberarmi da momenti in cui vorrei cedere interamente alle passioni, senza poi sentirmi sconvolto dal senso di responsabilità civile che aggredisce ogni volta i galantuomini.»

«Ho capito, vi siete innamorato di mia moglie e non sapete come gestire questa passione.»

«Be'... veramente vorrei che...»

«Lasciatemi finire. Io vi invidio, vorrei a mia volta provare lo stesso sentimento che ho avuto la fortuna di vivere con Carolina Matilde per un anno e più, al tempo in cui eravamo solo promessi sposi. Ma, ahimè, la pazzia da cui sono invaso è nemica spietata dei comportamenti umani. E, se mi permettete, vi voglio svelare ciò che provo in tempi misurabili solo osservando i cicli della luna. Spesso mi ritrovo sospeso nel vuoto, come se fossi ridotto a un essere senza corpo, inesistente. E affacciandomi dal mio cervello penso che mi farebbe piacere sapere che tu, Johann Friedrich, ti sia scelta per sempre la donna che io non posso e non so amare. A 'sto punto è meglio tirare giù il sipario, come si dice, e cambiare discorso e problema. Di certo vi capiterà, d'ora in poi, più di una volta, di non trovarmi in possesso della mia ragione. Perciò ho preparato lì, in quella cassapanca, dei fogli firmati da me e contrassegnati da timbri del regno. Sicuro avrete bisogno di presentare ai vari ministri il mio benestare, soprattutto nel momento in cui la mia condizione spegne ogni partecipazione, anche la più comune. Portateli via con voi e fatene buon uso. Mi fido di voi. Ora, dottore, l'ultima volta che ci siamo incontrati mi avete fatto leggere una parte dei progetti che pensavate di realizzare nel governo da voi presieduto.»

«Volentieri, maestà, ho portato con me il malloppo. Vi avverto che sono numerose le proposte, ma è importante che voi ne prendiate atto, e mi concediate il vostro giudizio. Coi miei collaboratori ho sperimentato un modo di far conoscere alla gente la proposta di nuove leggi che voi, re di Danimarca, siete in procinto di varare. Girando per le periferie, come fanno i banditori in Inghilterra e in Francia, abbiamo provato a distribuire dei fogli che illustrano le nuove proposte del codice penale e civile.»

«Messaggi scritti, stampati insomma! Bell'idea! E come pensate di cavarvela con gli analfabeti, che sono più del 70 per cento?»

«Be', per loro stampiamo dei disegni a colori che descrivono i reati e le nuove regole da sostenere. Date uno sguardo a queste immagini, maestà. Qui è rappresentato un gruppo di giocatori

di carte e qui dei lanciatori di dadi, e appresso due gabellieri di governo che ritirano la tassa sul gioco d'azzardo. E qui due righe nere incrociate che attraversano tutto il foglio con scritto in maiuscolo "NO!" col punto esclamativo.»
«E cosa vuol dire?»
«Ma andiamo, maestà, lo capirebbe anche un bambino! Oh scusate...»
«Per carità, la carenza di intelligenza da cui io sono afflitto rende il mio cervello meno efficiente di quello di un bimbo. No! No! A ogni modo adesso ho capito. È un manifesto contro il gioco d'azzardo. Anzi, per cancellare la tassazione sul gioco d'azzardo, è così?»
«Esatto, giacché oggi lo Stato, oltre ad accettare il crearsi di un numero esorbitante di bische pubbliche, taccheggia anche i maniaci del gioco d'azzardo.»
«Già, e nello stesso tempo incentiva l'ingresso nelle bische dei bari e dei vertici del crimine organizzato.»
«Be', ma la riscossione di queste gabelle dà pure un vantaggio importante all'amministrazione statale. Se non sbaglio tre milioni di rigsdaler d'oro al mese.»
«Sì, ma nello stesso tempo si crea uno sviluppo inarrestabile delle bande malavitose. E così ecco che il governo è costretto a triplicare il numero dei poliziotti, dei confidenti e degli sbirri travestiti, e pagarli, nel tentativo di smantellare l'eccessivo sviluppo dei biscazzieri.»
«Già, e quindi lo Stato è divenuto a sua volta croupier di una casa di gioco, giacché partecipa alla spartizione del bottino sottratto ai polli delle bische. A questo punto proporrei addirittura l'abolizione totale del gioco d'azzardo. Altrimenti dovremo risentire ancora ingigantito il solito insulto che ci meritiamo: "Godi, governo ladro".»
«Il secondo intervento – proseguo io – è quello dell'abolizione della tortura e della pena di morte.»
«Ahi ahi!» esclama il re. «Qui andiamo in un campo pieno di pali aguzzi piantati all'insù... Be', proponiamolo e vediamo che succede.»

«Giusto. Appresso abbiamo una legge sinonimo di inciviltà totale.»
«E quale sarebbe?»
«Una condizione di sfruttamento assoluto di cui voi siete già al corrente, maestà, quella della schiavitù nelle colonie d'Oriente e d'America e anche nei nostri campi, arati e seminati.»
«Già, è qualcosa che posso dire di aver toccato con le mie mani. Ho provato a discuterne con i *possessores* dello Jutland, vi ricordate? E ho scoperto degli esseri privi assolutamente di ogni senso umano, dediti a uno sfruttamento che neanche con gli animali sarebbe accettabile.»
«Anzi, vi dirò, da studioso delle civiltà antiche, che nemmeno i romani applicavano un comportamento tanto incivile. Il padrone di un cavallo ancora oggi evita che l'animale s'azzoppi facendolo trottare su un terreno roccioso e franante, poiché perderebbe un capitale prezioso. Ma con il contadino questi latifondisti non posseggono limiti. Schiantato dalla fatica un colono, lo si butta in una fossa e si prosegue con un altro soggetto della collezione. E qui abbiamo una legge davvero rivoluzionaria, giacché, se andasse in porto, potremmo trovarci in cima alla classifica dei paesi più civili d'Europa.»
«E sarebbe, questa legge?»
«L'abolizione dei contributi statali alle industrie improduttive.»
«Ah sì!» esclama il re. «Questa è proprio un'assurdità di assistenza governativa da paese dei topi volanti. A questo proposito ho scoperto che esistono nel nostro Stato degli agricoltori con vasti possedimenti a cui conviene lasciare incolti i propri territori per dimostrare che non hanno raccolti da vendere. Così questi infami, senza produrre, riescono però ad arricchirsi con i contributi e le regalie ottenuti dallo Stato. Su questo foglio mi permetto di disegnare a mia volta una croce nera con scritto "Privilegio da eliminare". A questa legge bisognerebbe affiancare quella che riguarda i privilegi elargiti alla nobiltà.»
«Certo, maestà, una doppia croce su questo obbrobrio!»
«E che c'è ancora?»
«Qui ci troviamo ad attraversare un ponte sospeso di canne.»
«Cioè?»

«Siamo alla legge sulla libertà di stampa.»

«Ah sì, certo! Neanche i Greci erano riusciti a farla accettare quella libertà.»

«E di sicuro, maestà, non per il solo fatto che al loro tempo la stampa non esistesse ancora. Ma basta scoprire come, causa certe ironie scritte e recitate contro i potenti d'Atene o di Corinto, più di un satirico si sia trovato disteso in una bara.»

«A ogni modo proveremo a far accettare anche questa.»

«Se ci riuscissimo, maestà, entreremmo nel novero dei paesi più civili!»

A questo punto il re torna a sedersi per terra davanti alla sua nave in scala ridotta e, sollevando la mano, mi saluta: «Scusate, ma ho bisogno di lasciar riposare un attimo il mio cervello. Ci vediamo domani, spero».

«Senz'altro, maestà» rispondo io. Accenno a un inchino e me ne vado.

Scendo le scale, esco da una porta di servizio di cui posseggo la chiave e, come sono all'aperto, sento un fischio acuto, di quelli chiamati «del capraio». Sollevo la faccia ed ecco il re sporgersi appena dalla finestra. È lui che ha emesso quel fischio da pastore.

Ora gesticola e mi fa intendere che desidera parlarmi ancora e quindi mi invita a risalire da lui. Quando rientro nella sua stanza, il re mi accoglie abbracciandomi e dice: «Scusatemi se vi ho costretto a ritornare da me, ma evidentemente ogni tanto ho dei buchi di memoria da baratro. Mi stavo dimenticando la ragione più importante che mi ha indotto a chiedervi l'incontro di poco fa».

«Di che si tratta, maestà?»

La fattucchiera della regina madre

«Sedetevi, mi sono scordato di narrarvi un mio incontro con la Zoppa dalle tre tette.»

«La Zoppa dalle tre tette?! E chi sarebbe?»

«È il soprannome che danno a una fattucchiera che vive nel rione dei pescivendoli.»

«Ma ha davvero tre tette?»

«Non lo so, non gliel'ho contate, mi sono messo in contatto con lei perché mi interessava conoscere qualcos'altro di più importante.»

«Ah, siete stato da lei?»

«No, l'ho fatta prelevare in piena notte da uno sbirro che lavora per me e portare qua. Quello mi aveva informato di aver scoperto che una delle clienti dell'indovina è addirittura la regina madre.»

«Chi, Giuliana Maria?»

«Sì, proprio lei. Così ho saputo che ogni tre giorni la mia matrigna va a far visita alla Zoppa dalle tre tette.»

Ci sediamo entrambi intorno al grande tavolo. Il re estrae da un cassetto alcuni fogli: «Ecco qua. È il canovaccio del dialogo che il delegato di polizia ha steso ascoltando di nascosto la chiacchierata fra la fattucchiera e la regina. È quest'ultima che la interroga, quasi aggressiva: "Tre tette, voglio sapere da te cosa succederà di veramente importante nei prossimi giorni".

«"Be', in tutta la città gira voce che si sta preparando una riunione dove l'archiatra ministro butterà all'aria tutte le regole del governo e anche le leggi."

«E la regina incalza: "Va bene, di questo sono al corrente anch'io! Ma in seguito a queste proposte cosa accadrà?".

«"Ah, il pandemonio, di sicuro. Ognuno, i nobili, i mercanti via mare e gli armatori stanno andando via di matto, e gridano: 'Quel re bisognerebbe metterlo in un pollaio a gallare le uova fresche appena sfornate, non a fare leggi!'."

«"E del nuovo ministro medico che si dice?"

«"Eh, cara regina, quello lo vorrebbero tutti come minimo in galera, prima che riesca a cancellare le leggi in favore della tortura e il patibolo, anche per i pezzi grossi del governo."

«"Bene. Certo che per provocare un vero tumulto di indignazione bisognerebbe far esplodere uno scandalo davvero galattico."

«"Per esempio?" chiede la fattucchiera.

«"Per esempio trovarli tutti e due a letto, l'inglesina e il marpione illuminista governativo, che si sbattono l'un l'altra come due oche in calore."

«"Ma per quello basta aspettare la terza luna, fra ventisette giorni, e vedrete che le voglie proibite spunteranno dietro Venere come funghi d'autunno dopo l'acquazzone."

«"Insomma – sbotta la regina delusa, – davvero non abbiamo altro che da aspettare? Possibile che non ci sia da mettere in gioco qualche *trouvaille* che acceleri l'evento finale?"

«"Non capisco, maestà, cosa intendete per *trouvaille* finale?"

«"Qualcosa che acceleri la condizione da marito becco del re, con conseguente cacciata dal trono, cosicché il mio figliolo possa finalmente prendere il suo posto. Ha diciotto anni, mica può aspettare che quello crepi. Ha solo quattro anni più di mio figlio, e i matti, si sa, purtroppo campano a lungo..."

«"Be', per accelerare l'evento davvero, ci vorrebbe un rebbelotto da ribaltone, ben orchestrato, sarebbe a dire un assalto alla reggia..."

«"... un colpo di Stato allora."

«"Certo, con qualche scannato e nobili gettati dalla finestra senza neanche l'ombrello per attutire un po' il botto."

«"Ehi ehi, piano, Tre tette, non esageriamo coi nobili ammazzati, soprattutto alla reggia, dove abito anch'io! Con la rogna che ho addosso finisce che il re lo salvano e io e il mio figliolo ci troviamo nello scarico della fogna."

«"No, no – la fattucchiera butta sul tavolo una manciata di pietre che rotolano qua e là, – guardate, la cabala dice che andrà tutto liscio e festoso. Per voi sarà 'na pacchia."

«"Bada a te come ti muovi con certe previsioni, ché se per caso tutto 'sto scarampazzo ci va di traverso ci sarai anche te nell'ammucchiata degli scorticati. E allora io di botto, tutte e tre te le mozzo 'ste tette, e anche le chiappe!"

«"Siete feroce, regina, mi parete un boia"».

La grande tempesta

Riprendiamo la lettura del testo con le musiche sacre e le didascalie riscritte da Struensee, con cui ci narra gli avvenimenti capitati a Copenaghen nel 1770. La vicenda riparte fra le mura del palazzo del governo.

Mi trovo nel mio ufficio con i miei collaboratori. All'istante il cielo viene letteralmente squarciato da fulmini e tuoni spaccatimpani e da una tempesta che rovescia su tutta la città acqua in gran quantità. I marosi, spinti da un vento inesorabile, stanno invadendo l'intero porto. Dal palazzo si scorgono barche possenti sollevate e rovesciate dentro i canali. Molte di quelle imbarcazioni si trovano a rotolare su enormi banchise di ghiaccio scaraventate dalle onde. I colpi di cannone danno l'allarme a tutti coloro che si ritrovano ancora nella zona a mare perché si ritirino immediatamente nell'interno della città, oltre le mura di protezione. Con alcuni ministri e segretari scendiamo a precipizio al piano ovest, dove stanno le scuderie con le nostre carrozze e i cavalli. Ma ci siamo decisi troppo tardi. Non si trova più nemmeno un calesse con relativo cavallo. Impiegati e dirigenti del ministero se ne sono appropriati prima di noi.

In quel momento, spinti al galoppo, stanno transitando quattro cavalli che trainano una carrozza vuota. Io, con due dei miei assistenti, tentiamo di bloccare l'imponente berlina, che sbanda e scaraventa fuori dalla carreggiata i miei due aiutanti. Io riesco a montare in cassetta al volo, afferro le redini come capita e incito i cavalli a riprendere la corsa che ci porterà verso il palazzo reale. Spero che la regina Matilde con suo figlio e la servitù abbiano fatto in tempo a mettersi in salvo, abbandonando il palazzo.

Con il calesse trainato dai cavalli riesco a entrare con una rischiosa virata nel parco reale, dove le prime ondate del mare stanno invadendo e travolgendo alberi, statue e solenni monumenti. Scendo dalla carrozza ancora in corsa, e mi precipito su per le scale. Raggiungo l'appartamento della regina, busso con forza, la chiamo, non risponde. Meno male, se ne saranno andati tutti. Faccio per allontanarmi, ma ecco che si apre la porta e appare lei, pallida in viso. Mi salta letteralmente in braccio e dice: «Sapevo che saresti venuto a cercarmi!».

«Ma il bambino, la balia e le altre donne dove sono?» chiedo preoccupato.

«Si sono messi tutti in salvo, stai tranquillo. Io ho aspettato te.»

Facciamo per scendere ma veniamo aggrediti dai flutti del

Baltico, che ormai è arrivato ad allagare tutto il parco. «Com'è possibile che il mare sia cresciuto di livello così all'istante?» «Siamo in piena marea – le rispondo io – e la tempesta sta ormai trasformandosi in un vero uragano. Dobbiamo assolutamente arrampicarci più in su possibile, nel solaio.»
E così, velocemente, saliamo nella soffitta. Siamo in salvo, forse.
Chiudiamo il portazzo del sottotetto e lo spranghiamo anche dall'interno. Poi io salgo fino ad affacciarmi dall'abbaino fra le tegole e mi rendo conto che l'acqua è arrivata a lambire il nostro rifugio. Ma ho l'impressione che ora i flutti si stiano calmando, e anche la pioggia stia calando di intensità. Nella soffitta non troviamo sedie né panche, solo qualche vecchio materasso arrotolato. Ne distendiamo un paio su un rialzo del parquet e ci sediamo, dopo aver liberato dalla polvere il giaciglio.

«Eccoci qua – esclamo io, – solo qualche ora fa temevo che questa fosse una giornata disgraziata per noi, che ci avrebbe scaraventati dentro la malasorte. E invece, straordinario, tutto si sta capovolgendo a nostro vantaggio! Un dono imprevedibile della fortuna.» Mi è venuto subito in mente un brano di Saffo: «O tu, nata dai flutti, Venere amorosa, oggi mi stai donando la tua protezione a larghe braccia. A me, con slancio carico di passione, stai offrendo la donna che amo più della vita mia».

Matilde manda un largo sospiro, si stende verso di me abbracciandomi e mi bacia; poi esclama: «È vero, è vero! Fino a un attimo fa non esisteva alcuna situazione che ci potesse consentire di stare uno appresso all'altra come in questo momento. Non so se ti sei accorto, ma io ho fatto murare la porticella che mi avrebbe potuto permettere di scendere dal mio appartamento lungo una stretta scala a pioli e raggiungerti di sotto nella tua stanza quando avessi voluto, anche di notte. Temevo l'ossessione che ormai mi ha preso di te. Un pensiero disperato, che mi faceva sentire indegna. Come potevo approfittare della situazione di vedova obbligata, con un marito costretto a una non-vita, e tradire per prima me stessa con il lasciarmi avvolgere dal desiderio di amarti?».

L'ho abbracciata a mia volta e siamo rimasti lungamente sdraiati, i due visi legati come fossero una parte sola di due corpi. Quindi, senza spostarci da quella situazione, io le ho raccontato del dialogo che avevo avuto con Cristiano qualche giorno prima, e le ho ripetuto le stesse parole che il giovane re, rapito dalla follia, mi aveva teneramente rivolto. Queste: «E affacciandomi dal mio cervello penso che mi farebbe piacere sapere che tu, Johann Friedrich, ti sei scelta per sempre la donna che io non posso e non so amare».

Puoi immaginare lo sconvolgimento che mi ha preso in seguito a questa sua confidenza. Egli mi stava cedendo la creatura che quel suo continuo sbalestramento lo obbliga a rifiutare. Ma non per giovarsene. Al contrario, per liberarla dalla condizione di un assurdo impegno di fedeltà, che non conduce ad altro che a un'esistenza priva d'ogni soluzione se non quella della morte.

All'alba il livello del mare era sceso di qualche metro. Una flotta di barche del soccorso portuale, armate di scale con aggancio, giunse ad attraccare intorno al palazzo. Alcuni marinai si arrampicarono sui balconi accessibili della facciata continuando a lanciare grida perché i possibili sopravvissuti dessero segnale della loro presenza. Io convinsi Matilde ad affacciarsi dal portonazzo che dà sulle scale, così da avvertire che lei si trovava in soffitta. «Non ti preoccupare per me – la rassicurai, – io andrò per tetti, come si dice, fino a raggiungere il lato est, e di lì farò segnali perché vengano a soccorrermi.» In questo modo nessuno mai avrebbe nemmeno sospettato che noi due avessimo trascorso sotto quel tetto la più bella notte della nostra vita.

***

Dopo la tempesta: la salamandra!

Questo inizio di racconto è opera di Cristiano VII, ed è tratto da un brano finale delle sue memorie.

Mi ero appena salvato da quell'uragano. Per fortuna, al momento in cui cominciò a esplodere quello spietato fortunale, con alcuni miei serventi, mi trovavo nell'Ustrecaet, cioè nei possedimenti del conte Nskjfnòefj, uomo straordinariamente liberale, per richiedere il suo appoggio nel tentativo di riforma dell'intero assetto legislativo. Credo che quel cataclisma sia stato uno dei più terribili degli ultimi secoli per tutta la costa del Baltico. Le vittime e i dispersi non si riescono a calcolare. Quando sono tornato a Copenaghen e ho percorso i canali della città a bordo di un vascello a remi, la gente che abbiamo incontrato, disperata, e che su altre barche ci veniva incontro, era stupita fino all'incredulità nello scoprire che il re stesse su una scialuppa qualsiasi, in mezzo a loro. Non solo le donne a cui offrivo le mie mani erano commosse, ma ho visto piangere anche uomini che parevano scolpiti nelle pietre degli scogli.

Giunto a palazzo salii al terzo piano, dove tengo quartiere, e dinnanzi al portone chi trovo? La regina madre, Giuliana Maria, contornata da tre sue dame, che mi stava aspettando. Non mi chiede nemmeno come io stia, dove mi trovassi al momento del disastro. A mia volta, per logico contrasto, le dico: «Sono lieto che vi siate salvata, madonna» e mi trattengo con sforzo da emettere uno sghignazzo. «Dov'eravate quando è scoppiato il cataclisma?»

«Al castello di Frederiksberg, signore.»

«Sono felice. Che cosa vi porta a farmi visita, signora, in un momento tragico come questo?»

Lei fa un gesto verso le sue dame: «Potete assentarvi».

E quindi verso di me: «Chiedo che altrettanto voi facciate coi vostri serventi».

«Ah, desiderate parlarmi di persona e senza testimoni! Accomodatevi.» E le faccio strada dentro la stanza maggiore. Lei, Giuliana Maria, si va a sedere sulla mia poltrona preferita.

«Brava! Fate pure come foste a casa vostra! Preferite che mi metta in ginocchio davanti a voi?» E questa volta scoppio a ridere, sguaiato.

Lei, la regina madre, senza scomporsi, inizia subito a parlare: «Sarò leale nei vostri riguardi, mio sire».

E io di rimando: «Spero che ciò non vi procuri una penosa crisi di nervi».

Ed ella all'immediata: «Vi prego di lasciar correre ogni ironia o sarcasmo. In verità, spesso penso che voi mascheriate sotto la vostra follia il gioco satiresco che covate per ogni essere umano che disprezzate».

«Io non disprezzo voi, mi fate solo paura, signora.»

«Paura io?»

«Certo, per quel vostro sbattervi come una salamandra che danza fra le fiamme, in cerca di idee straordinarie su come tessere le vostre tele stupefacenti intorno a ogni personaggio ostile che avete intenzione di schiacciare sotto le vostre grinfie.»

«Accidenti! Non mi stimate proprio per nulla, sire!»

«E come potrei? Pensate voi che io non mi sia reso conto del fatto che è vostro uso normale assoldare come confidenti gli innumerevoli servitori che si trovano alla mercé delle vostre prossime vittime?»

«Adesso basta, voi mi state offendendo! Io non ho assoldato mai né spie né servi al servizio di chicchessia!»

«Oh! Guarda tu in che malo pensiero mi sono buttato! Vi giuro che fino a poco fa io ero convinto che vostra maestà, signora, per esempio avesse offerto, anzi sollecitato, il nostro primo ministro d'origine germanica perché accettasse di abitare sotto la stanza dove per caso si trova a dimorare la mia sposa, Carolina Matilde. Il tutto (come è maligna la gente, davvero!) per far sì che entrambi, trovandosi in quella facile situazione, fossero invitati a incontrarsi nottetempo per amoreggiare fino alla follia, indisturbati, e poi sorpresi in flagrante dai vostri addetti lautamente retribuiti.»

«Non accetto! Non solo, ma mi state davvero offendendo oltre ogni limite! E dire che io ero venuta da voi con l'intento solo di iniziare una reciproca amicizia!»

«Siete stata sfortunata, mia cara. Avete scelto un momento della mia vita in cui, quasi per accidente, io mi trovo in buona armonia con me stesso e col mio cervello. Tanto per cominciare sono in grado di svelare a voi il progetto che avete in gestazione.»

«Non mi interessano le vostre infami conclusioni.»

E così dicendo la regina madre se ne va irata, sollevando le sottane panneggiate inciampa in quelle e rovescia al suolo urlando maledizioni, quindi si ripone di scatto in piedi come un burattino molleggiato ed esce sgambettando nel cortile.

Ci ritroviamo tre mesi dopo l'alluvione. La regina Matilde sta scendendo dal suo appartamento per raggiungere Struensee, che l'attende di sotto con la carrozza. All'istante sulle scale si sente mancare, tutto intorno le pareti dello scalone cominciano a girare e non può fare a meno di lasciarsi andare seduta sui gradini. La sua dama di compagnia, che sta qualche gradino più in basso, ritorna verso di lei per soccorrerla. La solleva e l'aiuta a tornare nel suo appartamento. Struensee, non vedendo scendere la regina, sale rapidamente le scale e, entrato nell'appartamento, trova la donna sdraiata sul letto con la sua dama che le porge un bicchiere d'acqua. Il medico pone una mano sulla sua fronte e l'aiuta a risollevarsi. Ma ecco che la regina è presa da un urto di vomito. La dama s'allontana per cercare un secchio. Il medico esclama: «Meno male, stai tranquilla, non è niente. Cioè, è stupendo. Ti nascerà un figlio».

Seconda parte

Come si distrugge un ministro insopportabile

Fra le grandi riforme messe in atto dal nuovo primo ministro Struensee, una di quelle che suscitarono maggiore stupore positivo nei democratici e, di contro, una forte indignazione da parte dei nobili e della grassa borghesia fu l'istituzione della famosa ruota detta la «raccoglinfanti». In quella strana cassa rotante le spose e donne nubili che partorivano figli che, per varie ragioni, erano impossibilitate ad allevare, avevano l'opportunità di deporre le proprie creature che sarebbero state poi cresciute nei locali dell'istituto. E questo senza dover dichiarare la propria identità. La legge in questione salvava moltissimi neonati che altrimenti sarebbero stati soppressi.

Altra riforma straordinaria che mandò su tutte le furie i grandi possidenti fu l'idea di eliminare quasi totalmente la corvée. Questa regola, da tempo ormai imposta ai contadini, permetteva ai grandi proprietari di terre di pretendere dai lavoratori servizi aggiunti di ogni forma. Una di queste prestazioni dovute era l'obbligo di effettuare restauri e manutenzione alle case coloniche e a tutte le macchine agricole di cui era proprietario il padrone. Quindi ai servi della gleba era imposto di intervenire durante le alluvioni per arginare i danni prodotti dai canali che strabordavano.

Struensee si era accollato fra l'altro la responsabilità di allevare il piccolo principe Federico secondo le teorie all'avanguardia. Fra le pratiche più innovatrici della scienza del tempo c'era quella dei cosiddetti bagni freddi, che avevano il potere di sollecitare la tempra corporea degli infanti. Nonostante questo metodo si fondasse su basi rigidamente scientifiche, da parte dei benpensanti la cosa era vista come l'atto di violenza di un sadico contro il bimbo. Tutto questo contribuì a creare al medico una fama del tutto negativa.

Non parliamo poi della legge, che si rifaceva interamente alla filosofia dei Lumi, che dichiarava il diritto di libertà di pensiero e di espressione, nonché di stampa, per ogni cittadino, maschio o femmina che fosse. Un provvedimento che mandava in paranoia i nobili in blocco e che nessun governo in Europa aveva ancora proposto.

Ma l'iniziativa di legge che indignò maggiormente la gente perbene fu quella che cercava di imporre ai responsabili delle scuole per l'infanzia di accogliere allievi fin dai sei anni d'età e educarli alla scrittura e alle scienze almeno fino ai quattordici anni, e inoltre garantire anche agli adulti la possibilità di continuare a frequentare le scuole, specie la domenica. Idee, queste, che fecero esplodere un'opposizione drastica da parte del ceto privilegiato, che normalmente definiva queste forme demagogiche «pericolose», in quanto eliminavano le differenze culturali necessarie per mantenere una corretta divisione di classe.

L'insieme di queste proposte innovative scatenò una reazione furibonda verso Struensee e il suo governo.

Prima di tutto si tentò di convincere la popolazione che ormai Struensee aveva di fatto esautorato il re da ogni partecipazione al potere, e Cristiano VII era da ritenersi senz'altro prigioniero del medico germanico.

Fra l'altro si poneva in evidenza che, se in principio tutte le leggi proposte erano firmate dal re, ora l'archiatra e primo ministro le imponeva in completa autonomia.

Insomma, ormai la parola d'ordine del movimento contestatore era: «Distruggiamo la reputazione di questo straniero che si è ormai impossessato della corte e dello Stato danese». E per riuscire totalmente nell'operazione si ricorreva al mezzo più efficace: inserire fra le vittime dell'ingordigia del teutonico la regina, che ormai, per ognuno, era diventata l'amante del dittatore.

Ma l'atto che avrebbe determinato un vero moto di insurrezione militare si rivelò essere la dissoluzione da parte di Struensee della guardia reale a cavallo e anche di quella a piedi. A detta del medico tedesco e dei suoi collaboratori al governo, queste formazioni ormai non rappresentavano più una forza di difesa per i reali ma solo un elemento decorativo da parata, inutile e costoso. Quindi bisognava abolirlo. Questo provvedimento determinò una sollevazione da parte di tutti i militari, preoccupati che questa decisione fosse l'inizio di un'operazione tesa a ridurre drasticamente l'autorità dell'esercito nazionale.

Il ballo di corte col colpo di Stato

Naturalmente, dietro tutta questa contromanovra, era facile intravedere mano e cervello della regina madre, che insieme ad altre forze conservatrici stava brigando per organizzare un vero e proprio complotto di palazzo. Chi si prese la responsabilità di mettere in atto la rivolta furono in particolare due militari, il generale Hans Henrik von Eickstedt e il colonnello Georg Ludwig von Koeller-Banner. Proprio come in una *pochade* melodrammatica dell'epoca, la scena e il fondale scelti dai congiurati sarebbero stati quelli del classico ballo in maschera, che avrebbe avuto luogo nel palazzo di Christiansborg.

Eccovi la cronaca dei fatti: la grande festa, alla quale sono invitati tutti i nobili e le famiglie in vista della città, si svolge la sera del 16 gennaio 1772. Struensee e la regina vi assistono, ignari della macchinazione che si sta per chiudere su di loro. I congiurati hanno ordinato di far circondare il palazzo dalla seconda compagnia di granatieri del reggimento dell'isola di Falster, per impedire ogni fuga.

La regina madre ha preparato dei mandati d'arresto per Carolina Matilde, Struensee e un collaboratore di quest'ultimo, Enevold Brandt. Questi ordini non portano l'indispensabile controfirma del re. Ciononostante la regina madre e il generale a capo della congiura non esitano a metterli in atto.

Nello stesso tempo una squadra di guardie scelte sfonda il portale dell'appartamento del re, e Cristiano VII viene bloccato e costretto a rimanere sotto sorveglianza nella sua camera. La regina Carolina Matilde viene condotta al castello di Kronborg, dove è tenuta prigioniera. Il primo ministro Struensee e il suo collaboratore, il conte Brandt, vengono costretti in cella nella cittadella di Copenaghen.

Nel frattempo i cospiratori che hanno bloccato il re lo costringono a scendere nella scuderia reale, gli impongono di salire su una berlina dorata con il tetto scoperto, lo fanno girare per le strade e le piazze più frequentate della città e lo obbligano ad affacciarsi mentre in coro gridano: «Ecco il re finalmente liberato dal sequestro del primo ministro tiranno!». Il sovrano viene applaudito e nello stesso tempo sono molti coloro che, vedendolo apparire pallido in viso e sconvolto, esclamano: «Più che un monarca liberato, ci pare un uomo catturato dai suoi sedicenti liberatori».

Un processo a soggetto

Un cronista del tempo, presente all'interrogatorio di Struensee, svoltosi il 21 gennaio a opera della polizia, testimonia che, alle prime domande che gli venivano poste, il medico ex ministro reagiva abbastanza sicuro di sé, addirittura sfoggiando un sorriso del tutto ironico. Sempre lo stesso cronista afferma che, quando gli fu chiesto se avesse avuto rapporti sessuali con la regina, Struensee avrebbe assunto un tono «lacrimevole». Ora ci chiediamo, come mai questo cronista non accenna ad alcun atto di violenza nei riguardi dell'interrogato? Eppure si conoscono le parole dello storico del nostro tempo, Asser Amdisen, che al contrario sospetta seriamente che il medico sia stato sottoposto a torture, al fine di estorcergli una piena confessione. Evidentemente anche la regina Carolina Matilde è stata minacciata di una pena molto più pesante dell'esilio, se non avesse confermato le accuse.

Dopo una settimana si arriva al processo. Per quanto riguarda l'avvocato difensore, tanto della regina che di Struensee e Brandt, non viene concessa agli imputati la scelta del legale che assumerà la loro difesa, ma sarà il tribunale stesso a dare l'incarico a un giovane alle prime armi, Peter Uldall, di soli ventotto anni, che evidentemente non si trova in grado di sfoderare l'esperienza necessaria a gestire un ruolo di tale responsabilità. Insomma tutto si presenta fin dall'inizio come un processo farsa.

A questo punto la pena comminata non può essere che la massima possibile. Infatti la Legge reale dello Stato di Danimarca, libro sesto, capitolo 4, articolo 1, prevedeva che: «Chiunque infligga il disonore al re o alla regina o attenti alla loro vita o a quella dei loro figli, in violazione dell'onore, della vita o dei beni, avrà, da vivo, la mano destra mozzata, il suo corpo sarà squartato e deposto su una ruota in cima a un palo e la sua testa mozzata infilzata su una pertica».

Ben mascherata dietro un panneggio, la regina madre ha assistito a ognuna delle udienze del processo. C'è qualcuno dei presenti che giura di averla sentita sghignazzare durante gli interrogatori e soprattutto alla lettura della sentenza.

A questo punto vogliamo evitarvi il disgusto di leggere le varie cronache del supplizio stese da autori francesi, tedeschi, inglesi e dell'intera Scandinavia, a cominciare dalla descrizione della folla intervenuta allo spettacolo di brutale macelleria, che in seguito ai vari momenti del massacro emetteva urla e in alcuni casi rideva isterica. Soprattutto ci permettiamo di censurare la cronaca del supplizio secondo la quale il boia sbaglia per ben tre volte la botta di scure con cui avrebbe dovuto staccare di netto la testa dal corpo del principale condannato.

Alcuni cronisti, e noi siamo d'accordo, sospettano che il re fosse stato tenuto all'oscuro della sentenza e dell'esecuzione, in opposizione alla maggior parte dei narratori i quali assicurano che Cristiano VII, sconvolto dalla richiesta impostagli dalla regina madre, fosse scoppiato in lacrime e, tremando, avesse alfine malamente firmato il consenso alla pena di morte. Il dubbio che questa non sia la verità ci viene con lo scoprire che

La regina madre Giuliana Maria con il ritratto del figlio

in uno dei pochi momenti in cui il re era in grado di gestire il proprio pensiero egli arrivò a dichiarare per iscritto: «Avrei proprio voluto poterli salvare entrambi». Cristiano VII, per tutto il resto della vita, parlò spesso del suo carissimo amico Struensee e a tutti diceva: «Egli non è morto, mi parla, è solo scappato in un posto dove finalmente sta al sicuro».

Ciò che ci sorprende con indignazione leggendo le cronache sulla vita della casa reale dopo la morte di Struensee è constatare che nessuno si sia mai preoccupato di accennare alla situazione davvero tragica nella quale si venivano a trovare sia la madre ex regina che il suo figliolo, strappati brutalmente uno dalle braccia dell'altra e costretti a vivere senza la possibilità di incontrarsi, magari in segreto. L'unico evento che provocò grida di gioia al piccolo Federico fu il momento in cui ricevette, sistemate dentro una cassa, ben cinque navi a vela di dimensione ridotta, regalo di uno sconosciuto. Il bimbo fu l'unico che immediatamente aveva pensato che il donatore fosse suo padre in persona, e a nostro avviso aveva indovinato.

E ora ecco a voi il governo tanto ambito dalla regina

Ma nello stesso tempo cerchiamo di non perdere di vista la situazione che, dopo l'orrenda carneficina dei due condannati, si produce nel governo di Danimarca. È ovvio che tutto il precedente gruppo dei ministri e dei loro collaboratori viene totalmente disfatto. E al suo posto sale al potere il figlio della regina madre, Frederik, con la carica di reggente. Tutti però sono ben consci che a governare di fatto è la madre sua, che ora la popolazione quasi all'unisono ha deciso di chiamare *bøddelens kone*, cioè la moglie del boia.

Il nuovo staff è diretto dall'uomo di fiducia della regina, Ove Høegh-Guldberg che, quasi a sottolineare la situazione del governo stesso, è ricordato da ognuno come il figlio maggiore di un noto impresario di pompe funebri che ha guadagnato il proprio successo organizzando esequie davvero solenni, con carrozze di foggia barocca trainate da sei cavalli in sontuosa bardatura viola e oro. E soprattutto, onde permettere a molti di sfoggiare una nobiltà che non possedevano, aveva inserito il privilegio, per gli ospiti del seguito ammessi al corteo funebre, di intervenire al rito su altrettanti pomposi landò che egli affittava a ogni gruppo di personaggi di basso retaggio che così acquistavano fama e decoro.

Grazie all'agiatezza ottenuta sfruttando i riti funebri, il giovane Guldberg ha potuto impossessarsi di una cultura elevata, arrivando a studiare in profondo fino a tradurre in danese il *Panegirico di Traiano*, che altro non è che una serie di consigli che Plinio il Giovane offre all'imperatore per continuare una conduzione che oggi diremmo altamente liberale della cosa pubblica. In particolare Plinio elogia la decisione del nuovo imperatore di concedere ai propri sudditi il massimo della libertà di parola e di pensiero. Evidentemente il nostro ha letto in modo molto superficiale l'elogio a Traiano. Tant'è che, appena salito al potere, cancella drasticamente la legge emanata dal suo predecessore Struensee sulle libertà civili e, in particolare, la libertà di scrittura e di stampa.

Ma per correttezza dobbiamo dire che alcune proposte di legge impostate da Struensee furono messe in atto dal nuovo governo, quali per esempio l'elezione a lingua di Stato del danese.

In compenso Guldberg ripristinò immediatamente l'uso della tortura durante gli interrogatori di polizia, e bloccò le innovazioni nel mondo agricolo, quali la soppressione del diritto per i proprietari di pretendere la famigerata corvée. I neonati che giovani donne rimaste incinte affidavano alla ruota «raccoglinfanti» vennero rifiutati e la ruota stessa fatta a pezzi. Si poteva così ritornare ad ammazzare senza remore i bimbi nati per errore.

Ancora, la proposta di legge che imponeva ai nobili di pagare i debiti contratti con mercanti o fornitori entro un tempo ristretto venne annullata. Cioè a dire che la classe dei *possessores* poteva continuare a turlupinare i creditori senza che le immancabili denunce varie potessero avere effetto. Ma la più applaudita fra le genialità amministrative del nuovo primo ministro e del suo gruppo operante fu quella di modificare, con la semplice aggiunta di termini o nuove espressioni, leggi già in atto, cosicché all'istante esse venissero rese nulle. Esempio: laddove la legge imponeva di versare un anticipo a ogni lavoratore assunto, al termine «deve versare» veniva aggiunta l'espressione «a sua scelta». Ed ecco la conclusione al completo: «Egli dovrà, SE LO CREDE VALIDO, versare una certa somma d'anticipo». D'accordo, in molti oggi ci farebbero notare che questo espediente è messo in atto anche con le nostre leggi appena sfornate. Ma non è il caso di tirare in ballo i nostri amministratori, che da sé soli si creano di continuo grane molto più tragiche.

***

Torniamo al palazzo reale di Copenaghen dove, al momento in cui la regina viene arrestata e tolta di mezzo, inviata nel castello di Celle presso Hannover, al confine con lo Jutland, il bimbo viene a trovarsi completamente solo. Di fatto anche le donne che si curavano di lui, una fra tutte la nutrice che lo allevava insieme alla madre fin dalla nascita, vengono licenziate in tronco. La regale padrona dello Stato, Giuliana Maria, si preoccupava evidentemente che a qualcuno dei responsabili designati alla cura del bambino non venisse in capo di rivelare al piccolo principe le ragioni che gli avevano procurato l'allontanamento improvviso della madre.

Ma qualcuno doveva pur curarsi dell'infante. Per questa mansione viene scelta dalla stessa regina madre una vedova di origine altolocata e di stirpe germanica, Margarete Numsen, molto severa nel suo atteggiamento e nel linguaggio che esibiva verso tutti i componenti della corte.

Ci scordavamo che, al tempo in cui il medico archiatra si era imposto di prendersi cura del figlio del re, fra le novità da lui adottate c'era quella che i ragazzini scelti per accompagnarsi al principe nei giochi infantili non dovessero essere di origine aristocratica ma al contrario autentici «figli del popolo». A che scopo questa stramba decisione? È risaputo che fra i suoi maestri più ascoltati il medico aveva scelto Jean-Jacques Rousseau, che a un certo punto della sua lezione sull'educazione infantile asseriva: «Se vuoi allevare un neonato in modo che impari a vivere legato alla natura originale dell'uomo, devi far sì che egli cresca appresso ad altre creature provenienti dallo stato degli umili. Costoro, per sopravvivere, fin dalla nascita sono costretti a faticare, usando braccia, mani e corpo tutto per superare ogni difficoltà. Inoltre si otterrà il vantaggio che l'intruso impari la loro lingua, che è strutturata in modo semplice e originale».

Ecco, è proprio del far apprendere al ragazzino una lingua diversa da quella di corte che si preoccupa Struensee. Il piccolo Federico un giorno sarà il nuovo re, e dovrà conoscere l'idioma parlato dal suo popolo.

Quindi per ben due anni il piccolo erede si trovò a giocare e a esprimersi in una lingua per lui nuova, e dei due compagni di spasso e capriole non conobbe solo i lazzi e le espressioni del linguaggio popolare, ma gli accadde di incontrare anche i loro genitori. Si fermò a cenare a casa loro, e restò perfino a dormire qualche notte in quelle stamberghe.

La conoscenza che coinvolse maggiormente il figlio del re fu quella degli animali della fattoria, i maiali, le vacche, il toro, per non parlare degli asini. Scoprì che è assai più divertente cavalcare un toro mansueto che un cavallo da sella. Assistette allo sgozzamento delle oche e al macello del maiale, bevve le uova appena deposte dalle galline e dalle papere, andò insieme ai suoi compagni a rubare le mele ad altri contadini. Insomma, scoprì un mondo ben lontano da quello della corte in cui viveva normalmente.

Quando poi all'istante gli fu vietato di incontrarsi di nuovo con i suoi unici amici, si trovò a provare per la prima volta un dolore insostenibile, pari soltanto a quello che gli avevano procurato col sottrargli l'abbraccio della madre.

La madre è quella che asciuga le tue lacrime

Come abbiamo detto nel presentarvi Margarete, ella era rimasta vedova del marito, col quale non aveva fatto in tempo ad avere figli.

La nutrice Margarete Numsen

Quindi si trovò d'acchito a dover imparare, senza che nessuno le desse consiglio, come allevare un bimbo, oltretutto non suo. L'impaccio maggiore che provava era quello di cercare più volte di non dar risposte logiche alle domande del figliolo, che all'istante chiedeva: «Dov'è la mia mamma? Perché è andata via? Non mi vuol più vedere perché sono stato cattivo?».

Era difficile non rispondere. Si inventò quindi che la madre se n'era dovuta andare per un certo tempo in un luogo dove curarsi di una malattia, cioè in una casa di cura, che stava sulle colline, e dove purtroppo ai bambini non è permesso rimanere perché potrebbero ammalarsi a loro volta. «Ma stai tranquillo che, appena starà meglio, noi andremo a trovarla.»

«Giura che è così.»

«Lo giuro» rispondeva la balia.

Spesso Federico di notte era colto da incubi, nei quali la madre gli sfuggiva da presso e per di più lo scacciava da sé. Il pianto di quel bimbo, per Margarete, era a dir poco straziante. Se lo prendeva in braccio e se lo portava nel proprio letto, coccolandolo finché non riprendesse sonno. Al momento in cui la regina madre le aveva dato l'incarico, le era stato imposto di non usare tenerezze verso la creatura. Ma purtroppo il suo comportamento, espresso in segreto, venne scoperto quando un giorno la regina madre stessa, che si era recata nel palazzo a sincerarsi che tutti i suoi ordini fossero eseguiti, scorse il bambino rientrare correndo da una stanza attigua, inseguito da una servente di camera che per gioco fingeva di dargli la caccia. Il bimbo si gettò fra le braccia della nutrice e, quasi nascondendosi fra i suoi seni, gridò: «Madre, madre, Amelia mi vuole imprigionare! Madre, salvami!». Al che Giuliana Maria si levò in piedi come un'ossessa e urlò: «Ma come?! Vi chiama madre? Per tre volte? Non credo che voi possiate rimanere qua ancora lungamente, madre». E se ne andò.

La regina madre licenzia la balia. E qui ci troviamo con Margarete che sta trasportando i suoi bagagli da caricare sul landò che la riporterà al suo paese d'origine. Il bimbo, che sta giocando presso il piccolo lago del parco con le sue navi in scala ridotta, intravede la donna e intuisce che qualcosa di drammatico sta accadendo. Quindi corre, raggiungendo la sua nutrice, e quasi la aggredisce: «Dove stai andando?».

«Purtroppo c'è mia madre che non sta tanto bene, ma appena si riprende un po' torno da te.»

E il bambino risponde: «Non è vero! Tu vai via per sempre».

«Chi ti ha detto una cosa del genere?»

«La matrigna di mio padre.»

«Ha parlato con te?»

«No, ma l'ho capito per la faccia cattiva che ha fatto quando io ti ho chiamato mamma. Di' la verità, ti ha cacciato.»

«Sì, è vero. Ma io tornerò lo stesso a trovarti.» E scoppia a piangere.

Al posto della badante un ufficiale con gli stivali

Il giorno stesso ecco riapparire la regina madre seguita da un gentiluomo di rango. Il bimbo, accompagnato da una servente di palazzo, viene introdotto nel salone di ricevimento e presentato a quel personaggio sconosciuto.

«Caro Federico – comincia la signora, – stai diventando un ometto, quindi è bene che tu non sia governato più da una donna, ma da un gentiluomo come il tenente Benjamin Georg Sporon, qui presente. Lui ti insegnerà come ci si deve comportare in società. E, dal momento che hai bisogno di crescere più forte e aitante di quanto tu appaia oggi, lui ti insegnerà a muoverti come tu fossi all'accademia militare di Copenaghen. Siccome il tuo prossimo istitutore è un uomo di cultura, egli ti terrà lezione di scienza, storia del nostro paese e anche di quella degli antichi Romani e dei tuoi gloriosi antenati.»

«Grazie, signora maestà, sono sicuro che mi troverò bene con il signore. A proposito, come lo devo chiamare, signor tenente o professore?»

«No, per carità! Voglio che voi siate amici e vi trattiate con rispetto ma senza eccessiva deferenza.»

«E come lo posso chiamare allora: "Ehi tu"?»

Il tenente Benjamin Georg Sporon

«Bimbo, non fare il saputello ironico con me...» dice con voce aspra la gran dama.
«Ma non volevo fare lo spiritoso. Dal momento che non posso certo chiamarlo "madre", mi chiedevo con che termine potessi rivolgermi a lui.» Prende un respiro ed esclama: «Potrei chiamarlo padre, putativo magari».
«Basta, ritirati per favore, ti insegneremo anche a smetterla di fare lo scannarello impertinente!»

***

Re Cristiano da giorni non si sentiva in buona condizione, ma ciononostante si sforzava di non commiserarsi e si costringeva a camminare, passeggiando nel parco da solo.
Il percorso era quasi sempre lo stesso. Attraversava il bosco delle betulle lungo la sponda del lago. A un certo punto si vide tagliare la strada da un insolito cavallerizzo che montava un piccolo puledro bianco come il latte.

Rispetta il padre tuo e riconoscilo

Il re si fa in là appena in tempo per non venir travolto. «Ehi! Ma che razza di maniera è di muoversi a cavallo?» esclama.
Il bimbo arresta la cavalcatura dicendo: «Perdonate, signore, non vi avevo visto».
Il re lo osserva con attenzione e si rende conto che il ragazzino indossa una corazza e tiene in capo un elmo in metallo dorato.
«A parte la bardatura, sbaglio o tu sei mio figlio?»
«Sì, signore, e voi siete mio padre.»
«Ti ho scorto più di una volta qui nel parco, ma non mi è mai riuscito di vederti così da presso.»
«È quello che è successo anche a me, signore.»
«Per carità, non chiamarmi signore!»
«Ma mi è difficile chiamarvi padre così all'improvviso... Vi prometto che la prossima volta ci proverò.»

«D'accordo, hai tempo! Ma non è pericoloso che alla tua età tu vada in giro sopra un cavallo senza un palafreniere che ti accompagni? Quanti anni hai?»
«Sei, li compio il 28 gennaio.»
In quel mentre il re si lascia cadere di schianto su una panca di marmo e, tenendosi la testa fra le mani, manda strani gemiti ed è scosso da tremori per tutto il corpo.
«Che vi prende, padre? Cosa posso fare? Vado a chiamare qualcuno?»
«No – il re con fatica indica la fontana vicina, – acqua!»
Il ragazzino scende rapido da cavallo, arriva alla fonte e toltosi l'elmo lo riempie d'acqua. Poi corre verso il padre, che afferra il copricapo gettandosi tutta l'acqua sulla testa.
Quindi prende un gran respiro e tranquillizza il ragazzino. «Non ti spaventare» dice. «Fra poco starò meglio.» Infila una mano in tasca e ne estrae delle pillole che gli cadono per terra. Federico si inchina veloce, le raccatta e le consegna al padre, che se ne ingoia un paio e gli prende la mano: «Tienimela sulla fronte, per favore».
Tutta quell'emozione in un colpo solo... il bambino trattiene a fatica le lacrime.
«Piangi pure se vuoi, sono commosso anch'io! Sapessi che strana cosa il cervello» commenta parlando molto lentamente e respirando profondo. «Tu sai che ognuno di noi ha un cervello completamente diverso da chiunque altro?»
«No, padre, non lo sapevo... anche fra il mio e il vostro, a parte la grandezza?»
«Sì, e dentro c'è tutto quello che abbiamo imparato: immagini, nomi, sentimenti... Ci sono degli uomini sapienti che riescono a infilare nel cervello biblioteche intere e canti, musica, paesaggi. Tutto catalogato in un ordine perfetto. Ma se capita, come a me, che all'istante si crei del disordine è un disastro. Di colpo non sei più un uomo, ma un matto, uno scimunito, un essere spregevole!»
«Io ho sperato tanto di incontrarvi come succede ora, signor babbo, e per quel poco che posso capire mi sembra l'uomo più gentile che abbia mai conosciuto!»

All'istante il cavallo di Federico nitrisce e si impenna. Il ragazzo corre ad afferrare le redini e si preoccupa di legarle intorno a un palo. A questo punto giunge a cavallo il tenente incaricato della sua custodia. È molto seccato e gli grida: «Mi fai il favore di non andartene per tuo conto e lasciarmi come un babbeo costretto a ricercarti per tutto il parco!».
«Scusatemi, ma non riuscivo più a fermare il cavallo. Torno subito.»
Lo sorpassa dirigendosi verso il re.
«Dove stai andando? Chi è quello laggiù?»
«È mio padre.» E indica verso Cristiano, che sta sempre seduto sulla panca tenendosi la testa fra le mani.
«Il re!»
Cristiano solleva il viso.
«Scusatemi, maestà, non vi avevo notato...»
«Figuratevi, è normale che vi succeda. Di giorno in giorno sempre di più mi confondo col paesaggio.»
«Perdonate, tenente – interviene Federico, – mi aiutate ad accompagnare a casa il re?»
Cristiano si alza e i tre, conducendo con loro i cavalli, si allontanano alla volta del palazzo.

***

Il giorno appresso, quasi si fossero dati appuntamento, il re e suo figlio Federico si incontrano lungo il lago, contornato di betulle. Il padre dice subito: «Fai finta di niente, siamo controllati». E si volge quasi tondo tondo indicando la facciata del palazzo. «Fai in modo che il tuo istitutore ti accompagni fra un paio d'ore nella biblioteca, alla stanza di lettura. Ci vediamo.»
E così dicendo prosegue, mentre il bimbo rimane perplesso per un attimo e poi decide di tornarsene a palazzo.
Salito che è nella propria camera prende dallo scaffale alcuni testi, appresso li sfoglia e copia delle parole. Quindi afferra il dizionario tramite il quale ha appreso il maggior numero di termini sconosciuti e lo nasconde in una cassapanca, sotto degli

abiti. Di lì a poco ecco che entra il tenente che si occupa di lui. Federico sta seduto al tavolo di lavoro e all'arrivo del suo precettore si leva in piedi e chiede: «Scusate, avete spostato voi il mio dizionario?».

«No – risponde il tenente, – forse la ragazza che rassetta le camere.»

«Non tornerà che domani, come possiamo fare? Ho il compito da terminare e mi trovo bloccato...»

«Be', scendiamo senz'altro alla biblioteca, lì troverai tutto quello che stai cercando.»

«Già, che stupido, non ci avevo pensato!»

«Ascolta, non posso accompagnarti, ho un problema da risolvere immediatamente per conto della regina madre.» E intanto scrive qualcosa su un foglio che poi consegna al ragazzino. «Tieni, è la preghiera per il bibliotecario di aiutarti a ritrovare i testi giusti. Ci rivediamo qui o verrò io a prenderti fra un paio d'ore.»

Il ragazzo saluta e scende velocissimo le scale. Tutto si risolve come da programma: il bibliotecario lo accompagna al grande scaffale dove sono ordinati diversi vocabolari. Ne afferra uno e consegnandolo al ragazzino gli dice: «Vi consiglio questo, altezza, è il più informato, è facile da capire». Poi fa scivolare uno scorrevole e commenta: «Così nessuno verrà a disturbarvi. Buona lettura».

Federico ringrazia e si mette seduto in un angolo sotto la finestra. Appena uscito, il responsabile della biblioteca sente scricchiolare una porta laterale, ed ecco affacciarsi il re che, controllata la situazione, entra e si siede vicino al figlio.

«Ti dirò, figliolo, che sono carico di emozione. In verità avrei dovuto pensarci prima a questo incontro.»

Il bimbo, sottotono, esclama: «Anch'io sono molto emozionato, signore. Sapeste quante volte ho sognato che stavo insieme a voi, a passeggiare, a ridere e perfino a giocare sull'altalena grande, quella appesa ai faggi del parco».

«Spero che un giorno si riesca a farlo davvero, bambino mio. Io immagino che situazione amara tu ti sia trovato a vivere dopo il disastro appresso il quale ti hanno allontanato da tua madre, e perfino dalla bimba, tua sorella. E poi quel toglierti una dietro l'altra le nutrici che si erano affezionate a te e che tu avevi imparato ad amare come fossero ormai donne della tua famiglia.»

«Sì – risponde a fatica Federico, – è stata molto dura, sapete, e mi era impedito perfino di comunicarlo a chicchessia mi potesse ascoltare.»

«Già. Il medico amico mio, che ho ancora ben inciso nella memoria, diceva sempre: "Togli la tenerezza a un bimbo, a un uomo o a una donna, togligli l'affetto e la possibilità di parlare e ascoltare e, giorno per giorno, tu vedrai declinare quel povero tapino fino a morire".»

«E voi dite, padre, che qualcuno ha voluto obbligarmi dentro questa trappola?»

«Di certo sì, ma per ora lasciamo correre e facciamo l'impossibile perché tu possa godere per almeno un giorno della giusta contentezza. Io voglio che tu incontri tua madre.»

«Oh Dio! E mi accompagni tu?»

«No, io non potrò. Dovrò rimanere qui a gestire la contromossa.»

«E che sarebbe?»

«Devo organizzare una grande festa dove la regina madre sarà eletta anfitriona della serata. È il modo più sicuro per poterla distrarre dal controllarci attraverso le sue innumerevoli spie.»

«Credo che mi sentirò mancare per la felicità nel momento in cui potrò incontrare la mamma.»

«Ascoltami. Per evitare di lasciarti travolgere dalla gioia impara fin da adesso a ballare.»

«Come?»

«Quando la vedrai non buttarti subito fra le sue braccia, ballale intorno, danza, e così potrai evitare di crollare in terra piangendo.»

In quel mentre lo scorrevole scivola sul piano fino a scomparire, e appare il tenente, che rimane per un attimo perplesso.

«Oh, scusate, maestà, non immaginavo che...»

«Non preoccupatevi, sedetevi vicino a noi. Si stava tessendo una trama di cui voi sarete protagonista.»

La grande nave vichinga spunta dal fango e la madre scende dalla sua prigione

«Io? Protagonista? E di che?»
«Ho deciso che mio figlio abbia assolutamente bisogno di recarsi in fondo allo Jutland, ad Hannover.»
«Hannover? Ma è... come dire... il luogo dove è costretta... la madre... insomma, la regina, un tempo vostra sposa...»
«Sì, proprio così.»
«Ma, scusate, come la mettiamo con la mia severa signora che, oltretutto, è colei che mi ha ingaggiato perché io...»
«Lo sappiamo, perché voi rendeste dura la vita a questo innocente.»
«Ma, in verità, io...»
«Lo so. Voi vi siete comportato da essere umano, e spesso avete disobbedito alle crudeltà che la signora vostra padrona pretendeva voi metteste in atto. Non solo, avete dimostrato verso questo mio figliolo perfino tenerezza e complicità. Ora vi chiedo una riflessione, e di decidere da uomo onesto e giusto, quale sicuramente voi siete.»
«Volentieri, sire, e di che si tratterebbe?»
«Di scegliere. O vi ponete dalla mia parte per il bene di questo figliolo o rimanete al servizio della vecchia signora per causare il suo male.»
«Be', ecco, io... sire, avrei bisogno...»
«No, non c'è il tempo di rifletterci lungamente. Vi aiuterò io a decidervi. Vedete, la regina madre fa tutto questo perché? Per amore. Meglio dire perché il suo figliolo sia posto sul trono regale. Per far questo bisogna eliminare l'impiccio. E sapete chi è l'impiccio di questa soluzione? Eccolo qua, è davanti a voi. È mio figlio. Però, finché vivo e le mie condizioni di spirito e di pensiero me lo permetteranno, io farò l'impossibile perché a

tempo debito diventi lui il re della Danimarca, successore degli Oldenburg, e voi sarete sempre al suo servizio. Allora, deciso?»

«Sì, sarò al vostro servizio, maestà.»

Immediatamente viene scelto il pretesto che permetterà a Federico di allontanarsi da Copenaghen per recarsi ad Hannover in compagnia del suo istitutore. Il cavallo di Troia per potersi spostare verso lo Jutland viene subito individuato dal re (meno male! E dire che tutti pensano sia proprio pazzo). L'*intracken* da mettere in campo è l'occasione straordinaria della rimozione di un vascello antico completamente sepolto nel fango e che nel tempo si è pietrificato. Un gruppo di studiosi ha rilevato l'esistenza di questa nave svelta e di splendida fattura sulla costa meridionale della penisola. Federico, saputo di questa portentosa scoperta, ha chiesto al tenente di condurvelo. Insieme i due si recano dalla regina madre, ed è soprattutto il piccolo Federico che implora, non solo che gli sia concesso il permesso di questa visita, ma anche che sia lei stessa ad accompagnarli. «Purtroppo – risponde Giuliana Maria con voce davvero dispiaciuta – mi sono accollata proprio qualche ora fa il compito di fare da accoglitrice reale alla grande festa che si celebrerà per l'anniversario della nascita del re tuo padre. Capisci, figliolo, ci saranno anche due re, ministri e ambasciatori di tutta Europa. Non posso mancare.»

Il bambino se ne va piangendo. Il tenente di nascosto commenta: «Accidenti, come ha imparato bene a recitare la parte dello sparagnazzo, questo povero bambino abbandonato!».

Del viaggio diremo poco, se non che la tolda della meravigliosa nave vichinga veniva alla luce proprio nel momento in cui il bambino, con la scorta del suo accompagnatore, raggiungeva la pozza da dove gli archeologi traevano l'incredibile reperto. Quindi, onde deviare ogni possibile controllo, i due montarono su una leggera nave che avrebbe dovuto portarli a casa. Soltanto che, a metà del percorso che seguiva la costa, il tenente chiese che il vascello prendesse terra in quanto il bambino stava terribilmente soffrendo il mal di mare. Di lì, dietro un promontorio, ecco una carrozza veloce che attendeva i due viaggiatori appena sbarcati.

Dopo poche ore il bimbo scorge dal finestrino il castello di Celle, residenza obbligata di sua madre Carolina Matilde, sorella del re d'Inghilterra. Alla base della breve salita che porta all'ingresso sta ad aspettarli la prima dama di compagnia della regina, la stessa esiliata su ordine della padrona della corte degli Oldenburg. Intorno a lei c'è un gruppo di bambini, maschi e femmine, che sventolano fazzoletti, salutando il sopraggiungere della carrozza. Louise von Plessen, la dama, per guadagnarsi un salario, aveva accettato un impiego pubblico, quello di istitutrice delle scuole per l'infanzia.

Ah, dimenticavamo che durante il viaggio in carrozza il tenente, con una forbice e un rasoio, aveva rapato a zero i capelli del ragazzo, come si fa con le reclute. E a sua volta Federico si era infilato sugli occhi un paio d'occhiali fasulli che gli servivano per mascherare oltrepiù il viso e renderlo irriconoscibile agli occhi della madre. In questo modo la regina avrebbe evitato di subire un'emozione troppo grande che di sicuro le avrebbe potuto causare uno svenimento.

Nel piano deciso per l'incontro il tenente doveva star fuori dal gioco e quindi attendere all'esterno del castello. La masnada dei ragazzini urlanti entrò nel quadriportico, proprio nel momento in cui Carolina Matilde scendeva lo scalone che dà sul cortile.

Un attimo, e la signora si trova assalita dai piccoli ospiti, che la festeggiano gridando: «Buon compleanno!».

«Ma cari, non è il mio compleanno oggi! Cosa vi è saltato in mente?»

E la dama di compagnia ridendo dice: «Be', l'importante è ricevere degli auguri, non chiedersi perché».

Tutti i bimbi vogliono baciare la regina, e anche il bimbo rapato e un po' miope si fa largo per poterla abbracciare. Matilde, raccogliendo il viso del piccolo fra le mani, esclama: «Povero bambino, che ti è successo, perché ti hanno rapato in 'sto modo?».

«Per via dei pidocchi, signora, ne avevo a centinaia.»
Ma subito, togliendogli gli occhiali, la regina esclama: «Dio, a parte la testa rasata, come assomigli a mio figlio!».
E poi ordina barcollando: «Per favore, una sedia, datemi una sedia, mi sento male...».
Dietro le sue spalle la sedia è già pronta. Si lascia andare e, sollevando il bimbo per deporlo sulle ginocchia, esclama: «No, non potete farmi uno scherzo del genere, tu sei proprio mio figlio!». E lo stringe a sé da soffocarlo. Singhiozzando continua a ripetere: «Che bel regalo! Che regalo stupendo! È proprio il mio compleanno!».
«Madre, non fare così, ti fa male piangere, il babbo mi ha detto che, invece di lasciarti andare alle lacrime, devi danzare d'allegrezza. Ti prego, madre, danza insieme a me.»
Quella notte al castello pochi riuscirono a addormentarsi. Federico non smise di baciare di continuo la sua regina. E a sua volta la madre ogni tanto riaccendeva la candela e la sollevava per poter osservare meglio il suo bambino ed esclamare, come fan tutte le madri: «Dio, come sei bello e cresciuto! Giurami che questa non è la sola volta che mi vieni a trovare!».
«Te lo giuro, mamma, alla prima occasione sarò ancora qui da te. Speriamo che in questi mesi sulle coste trovino tante navi vichinghe sepolte!»

***

Il viaggio di ritorno di Federico e del suo tenente accompagnatore durò un giorno e una notte. All'alba entravano nel palazzo di Copenaghen. Federico era sconvolto dalle emozioni e dalla fatica, ma chiese subito al precettore di poter incontrare il re. Si resero conto che la luce della stanza di Cristiano era accesa. Salirono entrambi e trovarono la porta aperta. Il ragazzo entrò e vide suo padre seduto alla scrivania che prendeva appunti. Come scorse il figlio si levò in piedi, lo afferrò per la vita e lo sollevò baciandolo. Era la prima volta che il re si lasciava andare a un simile gesto d'affetto. Cristiano si rivolse al tenente e gli disse: «Grazie per quello che avete fatto. Ora potete anche ritirarvi, io e il mio ragazzo abbiamo da raccontarci ognuno una storia nuova».

Il tenente salutò portando la mano alla visiera del suo cappello e se ne andò.

«Anch'io vi ringrazio!» gridò Federico, ma l'uomo era già sparito.

«Guarda – disse il padre indicando i fogli sulla scrivania, – stavo raccontandoti per iscritto tutto quello che è successo ieri, della festa alla quale anch'io ho partecipato.»

«Questo vuol dire che stai bene! Ti dispiacerebbe, padre, leggermene qualche brano?»

«Ci proverò, e spero che ti diverta.»

Una lezione di piaggeria regale

Così dicendo Cristiano si sedette al tavolo vicino a lui, fece accomodare anche il ragazzo e cominciò a leggere: «Nel salone ci saranno state almeno duecento persone, dame, ministri, ambasciatori, dignitari. La più entusiasta era senz'altro la mia matrigna, per la quale avevo ordinato che la festa riuscisse davvero regale. Era lei la destinataria unica di quell'incontro. Tutti, uno appresso all'altro, andavano a farle gli onori, inchini e baciamani, complimenti e perfino qualche applauso. Il figlio suo, principe reggente, stava un po' più discosto e abbastanza annoiato. Ogni tanto la regina si rivolgeva a lui, incitandolo a essere un po' più galante, specie con le signore. Io a tavola mi levai col bicchiere ricolmo di vino e recitai il brindisi per la regina madre. Poi feci qualcosa che mi ripugnava non poco, ma faceva parte della messa in scena. Mi avvicinai alla festeggiata e la baciai sulla fronte, trattenendo uno sternuto provocatomi dallo sbroffo di cipria che mi trovai a ingoiare. Quindi presi anche la parola ed esclamai: "La dama che vedete davanti a voi è di fatto la signora di questo regno. Suoi sono i consigli più preziosi, suo il programma d'ogni atto politico di rinnovamento, ella propone, segue, controlla e quindi dispone. Noi, che a nostra volta abbiamo incarichi di governo, ci diciamo straordinariamente fortunati, dal momento che la regina madre ha accettato di condurci in ogni momento per mano, col compito di servire fino in fondo questo nostro amato paese". Ci fu un applauso scrosciante, e la benemerita signora versò qualche lacrima di commozione».

Federico esplose in una risata e commentò: «Padre, perdonami, ma devo dire che sei un bugiardo da far spavento! E, dico la verità, mi meraviglio che tutti, a partire dalla tua festeggiata, abbiano bevuto con ingordigia quella sbroffata di complimenti che ti sei inventato».

«Ma ne valeva la pena» conclude il re. «All'istante questa tremenda virago si è addolcita nei miei riguardi e anche nei tuoi, in maniera incredibile. Ti basti sapere che da ieri non ho visto circolarmi d'intorno nemmeno uno spione o un tirapiedi mandato a controllare ogni mio gesto e respiro.»

Un commento fuori dai denti

Il giorno appresso il medico di corte, Sebastian Thomsen, giovane di eccezionali capacità e conoscenza del suo mestiere, si reca dal re, come succede già da tempo, per la normale visita.

Egli ha in cura ormai da due anni, con buoni risultati, Cristiano VII. Mentre gli ausculta il cuore il medico gli confida: «Ieri, maestà, sono stato convocato dalla regina madre. Non per una visita, ma sollecitato a darle notizia sul vostro stato di salute».

«Mio?»

«Sì, vostro, maestà. E la regina ha esclamato: "Come sta il nostro caro Cristiano? Ero molto felice ieri, infatti l'ho trovato veramente in una condizione straordinaria. Vorrei tanto sapere a che cosa è dovuto questo cambiamento inaspettato".

«E io le ho risposto: "Vi dirò, signora, credo che il motivo principale di questa metamorfosi sia da ricercarsi nell'incontro fortunato che il re ha avuto con suo figlio. Pensate che di fatto, fino a qualche giorno fa, il nostro sovrano non aveva ancora avuto occasione una sola volta di vederlo e parlare con lui".

«"Oh bella! E come mai? Vi assicuro che noi non ci siamo mai opposti a che essi si incontrassero."

«"Purtroppo io non sono addentro la vita di corte per sincerarmene. Personalmente sto esponendo soltanto i fatti: un padre e un figlio che non hanno l'occasione di comunicare fra di loro pur abitando nello stesso palazzo, il loro palazzo."

«"Sì, va bene, forse ci siamo introdotti con poco garbo in un affare delicato."

«"Già, ma purtroppo questi vuoti di rapporto umano sono situazioni già difficili di per sé quando chi li vive si trova in una condizione di salute mentale precaria. Se per di più interviene un veto o un malinteso che impedisca la comunione dei sentimenti, il tutto scatena forme di sbalestramento che esplodono facilmente nella follia."

«"Ho capito, abbiamo commesso un grande errore di comportamento."

«"Credo, se mi permettete, maestà, che ci sia qualcosa di più grave del semplice comportamento. Esponendo la cosa senza eufemismi lessicali noi qui ci siamo trovati con un bimbo al quale all'istante è stata strappata la madre. Senza entrare nell'analisi dei comportamenti e delle responsabilità, al bambino si toglie all'improvviso anche la possibilità di conoscere la sorellina nata due anni fa. Oltretutto le varie nutrici o balie che lo allevavano con affetto sono state allontanate una appresso all'altra. Di tutto questo il padre è al corrente, ma la sua condizione mentale e il caos che si produce nell'ambiente in cui vivono entrambi portano tanto il padre che il figlio a patire di una sofferenza aberrante."

«"Sì, d'accordo, abbiamo sbagliato, ma cosa possiamo fare adesso per rimediare?"

«"Bisogna liberare queste due creature dall'angoscia di sentirsi costantemente controllate e private della libertà. E badate bene, signora, che il cambio di comportamento, per quanto vi riguarda, è, a mio avviso, essenziale, anche a vostro vantaggio. Purtroppo, come osservatore esterno, vi devo dire che nella corte vi trovate a vostra volta in una condizione paradossale e pericolosa, giacché vivete un'esistenza falsa rispetto alla realtà. La gente, o meglio il popolo che governate, sembra condividere ogni vostra decisione, ma in verità legge e giudica il comportamento che tenete in modo molto critico e spesso risentito. Non permettete, vi prego, che i vostri sudditi perdano la fiducia di cui voi avete assolutamente bisogno per governare."»

Una sceneggiata espressa con simboli crudeli

A questo punto dobbiamo dare notizia di un avvenimento piuttosto insolito. Nel parco del palazzo si trova una piazzola dove si erge una possente asta sulla quale viene issata la bandiera in occasione di momenti celebrativi importanti. I visitatori del palazzo reale, una di quelle mattine, trovano issata sull'asta una parrucca imponente, di quelle che calzano le signore durante i ricevimenti di gala. Alla base dell'asta si nota un carretto molto simile a quelli coi quali si trasportano al patibolo i condannati a morte. L'allegoria è subito intesa da tutti coloro che si trovano ad attraversare quello spazio. Quella violenta avvisata è rivolta evidentemente alla regina madre che, come viene a sapere di quella provocazione, esplode in grida indignate con termini irripetibili per una signora.

Finalmente le maglie dell'ossessivo controllo si sono aperte per il re e per i piccoli prigionieri di palazzo, tanto che i due bimbi insieme possono recarsi, accompagnati dal tenente Sporon e dalla balia della piccola Luisa Augusta, ad Hannover a trovare la madre. È straordinario notare come il piccolo Federico dimostri una tenera attenzione per la piccola, che presenta a tutti affermando con fierezza: «Questa bellissima bambina è mia sorella».

Quando giungono al castello di Celle vengono a sapere che la madre ha contratto la scarlattina. È una malattia dei bambini ma certe volte, quando sono gli adulti a esserne colpiti, diventa pericolosa. Fatto è che tanto Federico che la piccola Luisa sono

La regina Carolina Matilde e la figlia illegittima Luisa Augusta di Danimarca

obbligati a restare distanti dal letto in cui è sdraiata la madre e comunicare con lei portando con forza la voce.

Sono appena tornati a casa quando a Copenaghen giunge la notizia che la regina è morta. A corte si cerca di prendere tempo e di trovare il modo meno esplicito per informare i figlioli del triste evento. Ma purtroppo la dabbenaggine di una fantesca fa sì che Federico e Luisa Augusta vengano a conoscere della disgrazia nel modo peggiore.

***

A governare insieme alla regina, suo figlio e Guldberg, troviamo un personaggio molto significativo, Andreas Peter Bernstorff, che ricopre la carica di ministro degli Esteri. Si tratta di un diplomatico esperto, uomo di ispirazione liberale, espressione della migliore classe dirigente danese del tempo. La regina, che lo stima molto, si rivolge a lui, allarmata da quella provocazione che qualcuno ha voluto lanciarle con la parrucca e la carretta sotto l'asta.

«Non preoccupatevi, maestà – la tranquillizza il ministro, – si tratta del classico gesto goliardico di burloni perditempo. Vi consiglio di non tenere in nessun conto quella bravata. Invece devo complimentarmi con voi e vostro figlio per essere riusciti a rimediare al clima pericoloso che si stava vivendo a corte e a produrre una visibile tolleranza nei confronti soprattutto del re e della sua piccola famiglia. Finalmente devo dire che si respira un'atmosfera tendente al sereno e di ottimo auspicio per il futuro.»

***

La mattina di Pentecoste il medico viene richiesto d'urgenza all'appartamento dove vive la regina madre. Già nel corridoio gli giungono dei lamenti strazianti. Come s'affaccia nella grande camera scorge la signora spogliata d'ogni abito, sdraiata

a pancia in giù sul letto. Una sua cameriera le sta passando dell'olio sulla schiena nuda, giù fino alle natiche e oltre. La regina mostra su tutto il corpo striature profonde che fanno pensare a una crudele flagellazione.
«Chi è stato? Come le è successo?» chiede inorridito il medico.
La cameriera risponde: «Non sappiamo, signore... Un facchino l'ha trasportata a casa su un carro proveniente dal rione del porto».
«Signora, cosa vi è successo? Non agitatevi, ditemi con calma.»
E la signora, con fatica, biascicando le parole: «Mi ha castigata. E io ho dovuto accettare perché l'ossessione mi sta ammazzando».
«Che ossessione?»
«Quella della colpa, degli spettri che mi hanno anche processata e mi hanno mostrato i documenti che abbiamo falsificato per poterlo condannare alla forca.»
Una lunga pausa, alcuni lamenti e poi un grido: «Voglio morire!». Quindi sviene.
Il medico solleva la propria borsa, estrae una bottiglietta di sali e la consegna alla servente. «Fatele annusare questo.» Quindi chiede: «Volete aiutarmi a capire dove si trovasse la regina madre?».
E finalmente gli viene risposto: «Stava nella casa della strega».
«Una strega?»
«Sì, la Zoppa dalle tre tette!»
«Ma dove siamo, in una *pochade* con clown da taverna? Tu – e indica una delle cameriere, – sei in grado di portarmi immediatamente da questa Tre tette?»
«Sissignore, conosco bene la strada. In queste settimane ho accompagnato la regina un sacco di volte da quella megera.»
«Andiamo allora.»
Medico e servente scendono sulla piazzola, montano sulla carrozza di lui e puntano decisi verso la zona del porto. Giunti nello spiazzo dei pescivendoli, entrambi salgono all'abitazione dell'indovina e la trovano intenta a portare a termine un esorcismo su un cliente. L'indemoniato ride, piange e danza.
Il medico, brutalmente, cerca di cacciare l'uomo in trance e per poterlo convincere accenna qualche passo di danza con lui, finché riesce a sbatterlo fuori dalla porta, e aggredisce

immediatamente la fattucchiera. «Cosa avete combinato con la regina? Parla o ti denuncio alla polizia e tu finisci i tuoi giorni dentro una galera!»

«Vedete, commissario, io non ho colpa...»

«Prima di tutto io non sono commissario, e poi tu la colpa ce l'hai e come! Che intruglio le hai fatto bere? Come l'hai irretita a 'sto modo?»

«Non l'ho irretita io! Lei è già arrivata qui completamente fuori di sé, per ben cinque volte, un giorno appresso all'altro. Diceva di essere ossessionata da incubi tremendi, le appariva di continuo il primo ministro medico, condannato allo squartamento. Lo vedeva sanguinante, a pezzi e senza la testa, che l'accusava d'ogni orrendezza. E lei gli parlava pure, gli chiedeva perdono e lo implorava di non tormentarla più. Preferiva che il fantasma del medico la infilzasse sul palo come avevano fatto con lui.»

«Sì, va bene, ma le striature che aveva su tutto il corpo, che pareva una zebra del deserto, chi gliel'ha procurate?»

«Be', se devo essere sincera, sono stata io, ma l'ho fustigata solo per salvarla, per togliere quella disperazione!»

«Ah, non conoscevo questa terapia a base di frombolate a spellacchio sulla schiena, sulle chiappe e sui seni!»

«Ma era lei che me lo ordinava! "Colpiscimi, castigami, signor primo ministro!"»

«Primo ministro? Cosa c'entra il primo ministro?»

«Eh, c'entra sì, perché è lei che mi ha ordinato la matamorfosi.»

«Matamorfosi? Ah sì, ho capito, metamorfosi. Come dire che tu ti sei trasformata in lui, il condannato, il dottor Struensee?»

«Sì... Dovevo essere io ma nelle sembianze di lui a rigarla di nerbate, e guardate, giuro, non ne ho provato nessuna soddisfazione... Povera donna, con tutto che la disprezzavo da far schifo, per ogni nerbata mi si spezzava il cuore!»

«Per Dio! Sono capitato in una congrega di sadici assatanati! Ma per ridurla in quello stato che flagello hai usato?»

«No, non flagello, una normale frusta da cavalli, però quasi nuova... Vedrete, non le verrà l'infezione... Eccola qua. Sentite

che bello schiocco, *sciak*!» Così dicendo gli sferra una nerbata sulle gambe.
«Per favore, buttala via!» E se ne va.

La gioia di tornare alla prima infanzia

Siamo nella primavera del 1776, Federico ha già otto anni e la sorella cinque. Ormai stanno sempre insieme, e il piccolo principe dimostra in ogni occasione un amore commovente per la bimba. Altrettanto si può dire per quanto riguarda lei.

Accompagnati dall'immancabile tenente, sempre più a suo agio con i due figlioli, Federico e la piccola Luisa Augusta riescono a incontrare anche i ragazzini figli di braccianti coi quali il principe giocava al tempo della sua prima infanzia. Federico trova un gran piacere a tornare a parlare in danese, anzi nel dialetto gergale appreso in quei primi anni.

Il momento più felice per i due rampolli regali è quello in cui tutti insieme attraversano gli spiazzi della periferia dove si levano mercati e si può assistere alle esibizioni dei buffoni e dei burattinai. Una di queste esibizioni è dedicata al classico Mester Jakel dalla gobba, che in questa occasione, è evidente, interpreta il ruolo di Struensee, il quale, incatenato al patibolo, a un certo punto, proprio mentre il carnefice solleva la scure per mozzargli il capo, gli fa uno sgambetto, lo manda a gambe all'aria, quindi afferra un bastone e inizia a menare fendenti in ogni direzione. Ciononostante, in uno degli scontri, il boia riesce a mozzare la testa al condannato. Pur senza testa, il burattino di Struensee colpisce quella del boia e gliela stacca di netto dal busto. Entrambi vanno alla ricerca delle proprie teste e per errore il boia raccoglie quella del condannato e se la infila fra le spalle. Altrettanto fa il burattino di Struensee, che ora si presenta con un cranio nuovo, quello da boia. I due burattini si lanciano testa contro testa, rovesciandosi alla fine senza vita. La bambina si rende conto all'istante che il fratello si sta allontanando dalla piazza e lo raggiunge. Quindi s'accorge che Federico sta piangendo.

«Cosa ti è successo – gli chiede, – perché piangi?»
E quello le risponde: «Sono dei bastardi, tutti, infami. Come si può sghignazzare così di un uomo ammazzato e poi fatto a pezzi?».
«Perché, chi è quell'uomo trasformato in burattino?»
«Non lo so, in ogni caso la gente che ride a quel modo davanti a teste mozzate merita tutto il disprezzo possibile.»
La sorella lo abbraccia e lo stringe a sé.
Il giorno dopo i due bambini vanno dal padre, il quale chiede a entrambi dove siano stati in quei giorni. La ragazzina racconta che per la prima volta, nella piazza del mercato, hanno assistito a uno spettacolo dei pupazzi. «A me pareva molto divertente, ma a Federico non è piaciuto, si è arrabbiato moltissimo, specie nella scena fra il pupazzo del boia e un condannato sconosciuto che si mozzano la testa a vicenda.»
«Lascia correre, per favore» la interrompe Federico. «Sono storie che al signore nostro padre non interessano.»
In quel mentre una dama di corte entra nella stanza reggendo una caraffa ricolma d'acqua, sulla quale galleggiano in quantità mirtilli, more e lamponi. Riempie alcuni bicchieri di quel beverone, quindi si ritira seguita da Luisa, che porta con sé il bicchiere coi frutti di bosco.

La lezione di Jean-Jacques Rousseau

Rimasti soli, il re dice a bruciapelo al figlio: «Capisco fino in fondo la tua indignazione, figliolo. Non ho mai assistito a quella farsa di burattini cui accennava la tua sorellina, ma ne ho sentito parlare. Certe volte la gente ride di fatti orrendi senza rendersi conto dell'infamia di cui gode. Se avessero minimamente conosciuto dappresso chi era quel medico di cui si prendon gioco, eviterebbero tanta sguaiatezza».
«È proprio quello – esclama Federico – che mi fa rabbia. Anzi, mi fa star male. Io ho poche cose che ricordo di quando c'era ancora la mamma, e lui si curava di me come nessuno sapeva fare.»

«Hai ragione. In quello che dici c'è un'allusione al mio distacco da tutti voi.»

«Padre, non volevo assolutamente coinvolgerti in questo mio compianto, e so che tu direttamente non sei il responsabile degli avvenimenti che si son seguiti, ma non posso fare a meno di chiedermi di continuo...»

«Scusa, ma dove hai imparato a parlare così forbito?»

«No, padre, non è linguaggio forbito il mio, ma solo appropriato.»

«Va bene, va bene» lo incalza il re. «Chi ti ha tenuto lezione di retorica?»

«Il mio maestro di lettere. Ma mi sono dato da fare anche per conto mio. Ho una collezione di testi che vado a consultare e perfino i trentacinque volumi dell'*Enciclopedia* di Diderot e D'Alembert che mi ha lasciato la mamma.»

«Accipicchia che regalo!»

«Sì. Sapessi, padre, come mi diverte vedere le facce degli eruditi quando mi rivolgo loro con questo linguaggio. È davvero un regalo splendido. Mi voleva bene la mamma, e anche a te voleva bene, e perché tu non le volevi bene?»

«Questa è la domanda più imbarazzante che ho avuto in questi ultimi anni. Io non sempre sono io, ho passato dei momenti in cui l'idea di essere al mondo mi pesava come un macigno e la cosa che mi faceva più paura erano i sentimenti d'affetto che trovavo intorno a me. Tu non ne hai mai accennato ma c'è anche un'altra persona di cui dovremmo parlare, sto alludendo proprio a Struensee, che io so che ha sostituito me con le sue attenzioni negli anni che ha vissuto vicino a te. Era un uomo che stimavo e che mi ha aiutato a proporre un progetto che purtroppo è stato cancellato.»

«Sì, lo so di che parli. Pochi giorni prima che lo portassero via mi aveva tenuto una specie di lezione sulla situazione del regno. Io ero troppo piccolo per capire, ma alcuni passi li ho tenuti a mente. Uno trattava della libertà. Esattamente mi aveva colpito una frase: "Noi ci crediamo un popolo civile ma in verità siamo rimasti in coda al gruppo degli evoluti".

Proprio così aveva detto, "evoluti". Mi sono sempre chiesto che cosa volesse dire.»
«Significa riuscire a liberare la nostra gente dalla condizione di sottomessi, come dire sudditi.»
«Ma se siamo un regno, per forza loro sono i sudditi.»
«Ecco, il nostro compito sarebbe proprio quello di non avere sottoposti da governare, ma cittadini.»
«Ho capito, questo è lo stesso discorso che fa Russù.»
«Vuoi dire Rousseau?»
«Ecco, sì, Jean-Jacques Rousseau.»
«E come lo conosci tu?»
«È un libro che mi aveva regalato lui, l'ho letto, ma non ci ho capito granché.»
«Ecco, adesso non devi più solo leggerlo, ma studiarlo. Quel progetto tocca a te realizzarlo. Io ti ho lasciato qui degli appunti e dei programmi che ho scritto con il nostro medico. Vorrei che, a momento debito, tu li studiassi.»
«Devo dare un esame?»
«Sì, ma davanti... come dire... alla Storia.»
«Storia? Cosa vuol dire?»
«Diciamo che è un'allegoria, ma molto difficile da mettere in atto. Fatti coraggio.» E gli consegna il plico.

La lunga notte dei fantasmi

Ci troviamo al palazzo del governo, esattamente nella sezione che ospita il ministero degli Esteri. Il medico di corte Sebastian Thomsen e una dama di compagnia reggono la regina madre, aiutandola a salire le scale che portano allo studio del ministro. Improvvisamente Giuliana Maria si blocca e dice: «No, no, non posso, perché sono sicura di vederci dentro lui!».
«Chi lui, ancora il medico Struensee?»
«Sì, mi segue, mi precede, mi appare all'improvviso, lo vedo dappertutto. Ieri sera mi sono trovata a una riunione dei respon-

sabili del comune e tutti i consiglieri, dico tutti, avevano la faccia di Struensee.»

«Ascoltate, maestà» dice Thomsen. «Voi, in questo momento, con vostro figlio, avete la responsabilità di guidare questo governo, e col governo tutto lo Stato, e con lo Stato le colonie, le terre conquistate dall'Africa all'America, fino all'Oriente. Non dimenticate che siete stata voi, maestà, a chiedere che fosse scelto Andreas Peter Bernstorff come ministro degli Esteri.»

«Certo, l'ho conosciuto di persona e mi ha dato l'impressione di essere un uomo davvero nobile e preparato, specie sui problemi della politica estera.»

«Sì, lo è senz'altro, è stata un'ottima scelta. Ora bisogna che voi discutiate con lui. Ci sono problemi in campo a dir poco drammatici che non possono essere rimandati. Mettetevi in testa che questo incontro è parte della terapia che dovete seguire per uscire da questo clima da notte degli spettri. Fatevi travolgere dai problemi veramente paradossali della politica e, alla fine, vedrete che i vostri incubi svaniranno come sterco gettato nel fiume dell'oblio.»

«Mah, proviamoci... Eccolo! L'ho visto!»

«Chi avete visto?»

«Lui, il medico!»

«No, quello è il segretario del ministro, e se fate caso cammina curvo e sghembo, non esistono fantasmi gobbi, specie in politica.»

Di lì a poco la regina madre si ritrova a sedere su una grande poltrona dorata davanti ad Andreas Peter Bernstorff che, dopo i preliminari di rito, inizia un suo discorso. L'unico testimone è lo scrivano, che prende nota di ogni parola.

«Non so se leggete i giornali, maestà, ma finalmente, da un anno in qua, nelle varie colonie del Portogallo, si è riusciti ad arrivare a capo del progetto messo in atto dall'allora ministro Sebastião José de Carvalho e Melo che aboliva la schiavitù e soprattutto la cattura e la tratta dei selvaggi da trasformare in bestie da lavoro. Ci sono state resistenze, ma alla fine, addirittura con l'esercito, si è imposto questo straordinario cambiamento.»

«E perché mi riportate questa notizia, conte?»

«Per la semplice ragione che ora sarebbe sensato e politicamente utile che anche il nostro paese seguisse finalmente le orme civili tracciate dal Portogallo.»

«Sono parole molto allettanti le vostre, signor ministro, ma temo che abbiano un difetto pericoloso.»

«Cioè a dire?»

«Sto parlando del disastro economico che ha portato fin da vent'anni fa quella legge nella struttura dei possedimenti del regno portoghese. Io leggo poco i giornali, ma in compenso ho studiato con molta attenzione i resoconti del ministero che ha preceduto il vostro insediamento qui, e mi ha impressionato la quantità incredibile di proprietari terrieri portoghesi che all'istante, causa quelle leggi, si son trovati interamente privi di sostentamento e costretti ad abbandonare quelle terre che avevano ottenuto in concessione ormai qualche secolo fa.»

«Certo, ma giacché con piacere scopro che amate andare a fondo nei problemi, voglio ricordarvi, signora, che per dieci famiglie di proprietari costretti a cambiare professione o, peggio, a tornarsene in patria per sopravvivere, ben cinquecento indigeni, obbligati a lavorare nelle colonie africane come schiavi, sono stati posti in libertà e finalmente hanno potuto godere di quelle terre che da secoli erano state loro sottratte con la forza.»

«Insomma, un *do ut des* molto logico, mi pare: liberare le terre e soprattutto riconsegnarle agli antichi proprietari senza badare a ciò che succede ai cittadini europei, che si troveranno rovinati e costretti spesso a fuggire da ciò che era stato loro donato causa la metamorfosi di questo Stato che ora, all'istante, si scopre civile. A 'sto punto vi chiedo, signor ministro, se avete già calcolato i danni economici che provocheremmo ai nostri sudditi, sparsi in tutti i possedimenti danesi, con questo atto di civiltà.»

«Sì. Ma il mio calcolo purtroppo manca di molte voci che riguardano territori dai quali non riceviamo più notizia da molti mesi, giacché in quelle terre gli aborigeni si sono ribellati per proprio conto alla nostra giurisdizione, cacciando addirittura

Il ministro Andreas Peter Bernstorff

i *possessores* danesi e costringendoli a rimontare sopra le loro navi prima che fossero incendiate e mandate a picco dai ribelli. Qui, cara signora, non ci troviamo nella condizione di poter scegliere una politica diversa da quella che stanno attuando gli ex *conquistadores*. Dobbiamo decidere solo se introdurre questa riforma d'accordo con gli aborigeni o fra poco essere cacciati da quelle terre con la variante di finire accoppati.»
«Io mi chiedo, cosa sta succedendo in questo nostro governo? Voi, signor conte, mi venite a sollecitare di mettere in atto una legge che chiamate moderna e civile, ma che per centinaia di migliaia di cittadini, sparsi in tutte le nostre colonie, vuol dire la rovina. Altri vostri colleghi mi inviano suppliche perché si attuino varianti e modifiche significative riguardo consuetudini diventate ormai intoccabili. E guarda caso, tutte queste "migliorie" non arrivano come novità ma fanno parte di un altro programma che voi, signor ministro, con tutti i vostri colleghi, dovreste conoscere bene...»
«A che alludete?»
La regina estrae dalla sua borsa un plico e comincia a leggere con voce ritmata, come si trattasse di una litania: «Abolizione della pratica di preferire i nobili per le cariche statali. Abolizione dei privilegi della nobiltà. Abolizione delle rendite immeritate per i nobili. Abolizione delle regole d'etichetta alla corte reale. Abolizione dell'aristocrazia della corte. Abolizione di numerose festività nazionali. Introduzione di una tassa sul gioco d'azzardo e sui cavalli di lusso per trovare fondi per orfanotrofi e trovatelli. Divieto della tratta degli schiavi nelle colonie danesi. Criminalizzazione e punizione della corruzione. Riorganizzazione delle istituzioni giuridiche per ridurre la corruzione. Introduzione di magazzini di grano statali per equilibrare il prezzo del grano. Assegnazione di terre ai contadini. Riorganizzazione dell'esercito e riduzione degli arruolamenti. Riforme universitarie. Riforma delle istituzioni mediche statali. Ditemi voi, cos'è, una coincidenza, che queste leggi siano in gran parte le stesse proposte dall'ultimo governo, presieduto da un tiranno che abbiamo dovuto condannare alla forca?».

«Signora, se pensate che io e gli altri ministri, che con me hanno sostenuto le trasformazioni da voi elencate, si sia voluta mettere in atto un'azione punitiva nei vostri riguardi, ebbene, vi dico subito che preferisco che voi mi sospendiate da questo incarico. Noi le abbiamo scelte studiando l'effetto che in altri paesi d'Europa ha determinato l'attuazione di queste leggi, e soprattutto come le rispettive popolazioni ne abbiano tratto vantaggio. Ora sta a voi il compito di accettare o rigettare la proposta. Naturalmente, parlando anche a nome dei miei colleghi, non ci resta che attendere una vostra risoluzione, compresa quella di sciogliere il governo e riproporne un altro che più vi aggradi.»

Dopo qualche giorno si ha notizia che il governo rimane in carica, ma il ministro conte Andreas Peter Bernstorff viene sospeso e sollevato dal suo ruolo, con il palese consiglio di togliersi di mezzo.

Il vento violento che sta soffiando ci avvisa del prossimo scontro coi sette bastoni

Come è riportato da molte fonti, nell'autunno del 1781, durante un convivio nella residenza di Fredensborg, al quale partecipano uomini di governo, fra cui il primo ministro Guldberg, e poi uomini d'affari e banchieri, nonché qualche generale dell'esercito tanto per far numero, si viene a discutere della lentezza con cui vengono prese in considerazione le leggi già emanate dal governo. Naturalmente è alla persona del primo ministro che si fanno queste critiche. Egli cerca di cavarsela con battute che pensa essere spiritose, infatti esclama: «Amici cari, mi permetto, giacché molti di voi mi pensano un pedante moralista, incapace di senso umoristico, di recitarvi un piccolo brano di Giovenale, che trattando della lentezza della burocrazia dice: "Quello di rallentare sempre la messa in atto d'ogni provvedimento è un *modus operandi* di tutti i governi, che assomiglia tanto alla forma gestuale delle matrone che indugiano lungamente nel togliersi la tunica nel momento in cui si apprestano a concedere all'amante i loro squisiti favori"».

Parte una fragorosa risata, seguita da un applauso dei maggiorenti e anche di qualche donna dell'alta società. Uno dei politici dissenzienti batte le mani alla volta delle signore plaudenti: «Che meraviglia! Anche le dame son d'accordo! Fra poco assisteremo a uno spogliarello di gruppo delle femmine più provocanti!». Controrisata che zittisce le signore.

Inaspettatamente chiede la parola il principe Federico che, va ricordato, da qualche mese ha compiuto tredici anni. Gran parte dei commensali commenta la giovane età del principe ed esclama: «Ormai anche i bimbi si danno all'oratoria!».

E di rimando Federico risponde: «Avete ragione, a mia volta mi sento indegno di fare commenti, ma è un esercizio, questo, che debbo forzatamente compiere, visto il vuoto di idee che pare circoli nel nostro Stato. Purtroppo, in conseguenza della mia tenera età, non mi è dato di comprendere appieno lo spirito godereccio espresso dal signor ministro. Voglio solo ricordare che, per quello che mi è concesso sapere, fra le leggi rimandate, bloccate e alla fine dismesse ce ne sono alcune con le quali è difficile fare dello spirito da alta società. Alludo alla legge contro la violenza alle donne, a cominciare dalle mogli bastonate e costrette al ricovero in ospedale. E non dite che non ho l'età per parlare di certi argomenti! Così un'altra legge, quella per l'istituzione di una nuova tassa sul gioco d'azzardo e sui cavalli di lusso per trovare fondi per orfanotrofi e trovatelli, che io stesso ho sottofirmato, è rimasta in chissà quale cassetto e forse perduta. E il compito di renderla attiva era stato dimandato proprio a voi, signor primo ministro, sollecitata con urgenza. Evidentemente anche in quel caso, signore, vi siete attardato giocando con le vostre vesti per rendere più piacevoli i vostri rapporti con qualche signora?».

Il primo ministro, rosso in viso, si trattiene a stento dall'aggredire il ragazzo. «Siete molto impertinente, altezza. Mi dispiace che il vantaggio di cui godete in quanto figlio di re mi impedisca di cantarvi una sonora lezione.»

«Solo cantarmela? Dite la verità, che se non rischiaste la lesa maestà mi avreste già preso a schiaffi. Peccato, perché io ben volentieri avrei sopportato le vostre sberle sul muso, ma in compenso avrei goduto la soddisfazione di sferrarvi un paio di pedate sulle natiche... anzi, sul culo!»

E il principe se ne va sbattendo la porta e gridando: «Vi è andata bene, caro smargiasso!».

Seguito dal suo gentiluomo di camera, Theodor Georg Schlanbusch, il principe torna a palazzo. Il servente lo aiuta a togliersi la gualdrappa e intanto commenta l'accaduto: «Perdonate se mi permetto, signore, ma oggi voi mi avete divertito assai».

«Invece a me quel battibecco non ha procurato nessun piacere. Mi ha seccato l'essermi lasciato andare dentro una rissa degna di capre infoiate nella monta.»

«Sarà come voi dite, ma molti dei presenti ne hanno provato gran piacere. Credetemi, signore, siete stato formidabile. Assistere a una mattanza di spocchiosi di quella risma non è di tutti i giorni.»

«Piano, Theodor! Andiamo... spocchiosi! Non è da voi questo linguaggio.»

«Infatti non sono io che ho affibbiato loro quell'epiteto, ma una ben numerosa associazione di cittadini che non riesce più a sopportarli.»

«Non lasciatevi trascinare dall'euforia.»

«Vi prego, credetemi, si stanno costituendo folti gruppi di dissidenti, decisi a far cessare questa farsa di governo. Dovreste incontrarli. Essi vorrebbero che voi, altezza, riusciste a convincere il conte Bernstorff, che si è ritirato in Germania, affinché si decida a far ritorno da noi e prenda l'impegno di partecipare alla formazione di un nuovo governo.»

«Va bene, preoccupatevi voi perché questo ritorno abbia luogo al più presto. E per quanto riguarda l'incontro con i dissidenti, se è una cosa seria, organizziamolo subito. Fra tre giorni io sono allo stanzone di carena dell'arsenale. Abbiamo una prova di bastone.»

«Bastone?»

«Non avete mai sentito parlare del Sette di bastoni? È un'associazione dove ci si allena per il torneo annuale detto "Botte a sbattuta".»
«E cos'è?»
«Un duello, di massa.»
«Ma quando li avete conosciuti?»
«È una storia che risale a quando ero un bambino e fui spinto dal mio tutore a giocare coi figli dei braccianti e dei pescatori perché imparassi a parlare il danese schietto. L'ho vista nascere quell'associazione e ora ne faccio parte.»
«Ah, fate parte di una consorteria!»
«No. Non è un'organizzazione segreta, tant'è che le nostre sarabande le mettiamo in scena in piazza, davanti a tutta la popolazione. Sono intese naturalmente come un gioco di forza e destrezza, ma non si sa mai dove può portare. I signori non sanno che un buon bastone vince contro tre spade.»
«Accidenti! Mi parlate di un movimento di lotta quindi!»
«Niente lotta, solo sbatti sbatti, così, tanto per scaricarsi un po'.»
«Ma altezza, questo non è linguaggio da prossimo re!»
«Perché no? Di Carlo Magno si dice che andasse nelle taverne ad arricchire il suo linguaggio!»
«Pardon, mi dimenticavo che sto dinnanzi a un figliolo erudito...»

***

La riunione fra gli Sbatti sbatti e i borghesi illuminati del «cambia governo» ha luogo come convenuto, senza alcun rimando. Allo scopo di presentarsi ai nuovi ospiti, il gruppo delle Sette mazze si esibisce in uno scontro veramente spettacolare. I vari gruppi si affrontano con andamenti che sembrano tratti da danze popolari antiche. Non ci sono né tamburo né trombe che segnino il ritmo, ma tutto avviene con una precisione gestuale che sorprende ognuno. All'istante ecco che, tutti insieme, compiono una serie di capriole gettandosi nell'aria e ritornando a terra con capovolte acrobatiche. Quindi si lanciano a gruppi mandando grida e agitando bastoni con maestria. Le mazze si scontrano con gran frastuono. Altre capovolte dove volano i bastoni che vengono riacchiappati al suolo. Alla fine si crea una torre di uomini montati sulle spalle di altri guerrieri. La torre cresce verso l'alto, quindi frana al suolo ma – straordinario – ognuno si ritrova in piedi sul terreno in perfetto equilibrio. Naturalmente ciò produce un applauso di tutti gli spettatori.

Ci eravamo dimenticati di segnalarvi che ogni combattente portava sul viso e in capo una maschera di difesa, per evitare che le mazzate giungessero a far male. Nell'applauso finale tutti si tolgono la maschera e – meraviglia – fra le facce mostrate c'è anche quella del principe Federico. Un *Oh!* di stupore incredibile e un altro applauso imprevisto.

Vengono lanciati asciugamani perché i saltapicchio possano asciugarsi la faccia. Egualmente il principe si passa lo straccio bianco sul viso. Quindi sale su un grande tavolo e di lì comincia il suo intervento: «Ho parlato a gruppi diversi che qui oggi si sono riuniti a noi. Il tema dei nostri dialoghi era sempre lo stesso: come possiamo sollecitare il nostro governo acciocché la situazione sia resa migliore? E non soltanto dando idee nuove, ma noi stessi ponendoci a disposizione perché ciò sia realizzato. Se c'è qualcuno qui che pensa che noi si sia indetto questo incontro per preparare una rivolta, ebbene, vi dico subito che ha sbagliato luogo e situazione.

«Tanto per dimostrarvi che queste mie parole non sono buttate lì, tanto per tranquillizzare i conservatori e gli amanti della vita contemplativa, vi voglio svelare che proprio ieri, essendo venuto a conoscere le intenzioni di un mio diretto collaboratore, e che quelle sue intenzioni erano rivolte a che si creasse un vero e proprio movimento di ribellione armata contro i responsabili dell'attuale reggenza, l'ho costretto immediatamente a dare le dimissioni e a recarsi all'immediata su un fiordo sconosciuto della Norvegia con l'impegno di non tornare più in queste nostre terre. Io sono più che convinto che uno dei doni più alti ed efficaci che il Signore Iddio ci ha regalato sia quello della dialettica, cioè la possibilità di risolvere i problemi confrontando ognuno le proprie idee con chi è in disaccordo con noi. Ma come possiamo aver la certezza che questo discutere con ognuno sia la soluzione vincente?

«Lo so che è normalmente fastidiosa l'idea che un ragazzino come mi ritrovo a essere si permetta di trattare delle cose da grandi, ma prendetevela con i miei tutori e maestri, che di continuo mi hanno sempre ribadito: "Attento, ché fra qualche anno ti può capitare di essere costretto a indossare i panni del re. Quindi preparati!". E io ho loro ubbidito.

«Stavamo dicendo che la dialettica è fondamentale per riuscire a risolvere i problemi. Ho appreso che Atene, che pur ebbe a sopportare tragiche situazioni che cancellarono addirittura l'intera popolazione di maschi, uccisi nel tentativo di conquistare Siracusa, si trovò costretta, in mancanza di uomini validi, come racconta Aristofane, a far eleggere un parlamento composto da sole femmine. E la variante pare funzionasse abbastanza bene. Ma un fatto del genere non accadde mai a Sparta, città di guerrieri invincibili, i quali guadagnarono ogni scontro armato, salvo due battaglie, nelle quali ebbero la peggio. Di lì a qualche secolo, di questa città, non si ricordava più nemmeno il luogo dove fosse stata eretta. I suoi cittadini non conoscevano il significato della parola "discutere", "confrontarsi con le idee". Ed è per questo che è sparito tutto di loro, le mura, i palazzi e pure le tombe.

«È per questa ragione che io vi chiedo: datemi il compito di incontrare i proprietari delle terre di questo paese, giacché la terra è la base prima della nostra economia. E poi tratteremo anche coi mercanti, coi navigatori che trasportano le merci in tutto il pianeta. E via via, con i medici degli ospedali, i militari, coi loro generali e anche i sacerdoti, con la loro fede e le cattedrali».

Queste ultime parole furono accolte con un applauso piuttosto tiepido, ma era già un buon inizio.

***

Il principe Federico ebbe numerosi incontri con i principali fautori di un cambiamento totale nella struttura del governo e dell'introduzione di grandi innovazioni e riforme. I personaggi più importanti che cominciarono a riunirsi intorno al principe erano Christian Ditlev Reventlow, noto finanziere, suo fratello Ludvig, il conte Ernst Schimmelmann e il vecchio generale e uomo di cultura Wilhelm von Huth.

Si costituì così un gruppo di opposizione formato dalla borghesia più moderna e illuminata e da quella parte dell'aristocrazia che capiva e condivideva le sue istanze rinnovatrici. Il crearsi di questi movimenti provocò grande apprensione nel governo e tanto la regina madre che suo figlio Frederik, reggente ufficiale del regno, capirono che presto si sarebbero trovati a dover difendere con forza la loro posizione di potere.

Il momento decisivo non tardò ad arrivare. Il 14 aprile 1784 ebbe luogo una riunione del consiglio di Stato, a cui per la prima volta partecipava anche il principe Federico, il figlio di re Cristiano. Il giovane aveva da poco compiuto sedici anni.

Si leva a prender la parola un personaggio molto importante per l'economia del paese, il conte Schimmelmann: «Come voi ben sapete, io provengo da una famiglia che ha molti interessi in Africa e in Asia, e fino a poco tempo fa la mia società possedeva un numero cospicuo di schiavi impegnati nella lavorazione della canna da zucchero. A un certo punto abbiamo deciso di liberarli e di combattere la tratta degli schiavi. Eravamo i primi nelle colonie danesi a compiere un gesto simile. Perché l'abbiamo fatto? Per la semplice ragione che ci sentivamo completamente fuori dalla realtà, in opposizione al rinnovamento che si stava operando in tutto il mondo civile».

«Bravo!» urla un membro del governo. «E come avete risolto i vostri problemi finanziari? Avete svenduto le terre e ve la siete data a gambe?»

«No, abbiamo soltanto cambiato metodo. Ora quegli ex sottomessi possono lavorare da noi ma da uomini liberi.»

«Cioè prendono uno stipendio!» ribadisce il rappresentante del governo. «Si costruiscono una capanna per proprio conto e magari se la paga non basta per sopravvivere se ne tornano nella foresta, arrampicati sugli alberi con le scimmie? Oh! Questo sì che è progresso!»

Il conte Schimmelmann riprende quasi subito e dice: «È ovvio che non siete mai stato in Africa né nell'Oriente, e quindi vi servite non di esperienza, ma delle barzellette che si raccontano nel vostro circolo di gente nobile che vive di rendita!».

«Ehi, andiamoci piano... rendita! Io vivo sul guadagno che mi procurano le mie navi!»

E la risposta è spietata: «Evidentemente siete nella navigazione ma non vi curate molto di ciò che accade su quelle navi, o almeno su quelle che attraversano gli oceani».

«E sarebbe?»

«Il fatto che un notevole numero di marinai, da qualche tempo, si ribella ai capitani e prende possesso delle imbarcazioni facendo scendere ammiragli e ufficiali superiori su qualche isola deserta.»

«Sì, ne ho sentito parlare. E cosa se ne fanno quegli infami delle navi sequestrate?» chiede qualcuno.

«Le trasformano in navi da corsa, cioè a dire diventano corsari. E sapete qual è il primo grido che lanciano quei ribaldi? "Viva la libertà."»

«Sicuro, libertà di criminali!»

«Chiamatela come vi pare, fatto è che dopo aver catturato le navi da trasporto dividono ogni volta il bottino in parti eguali. Naturalmente con qualche quota in più per i vecchi marinai e per i comandanti che son rimasti con loro. Non solo, ma ognuno si impegna a sostenere la fratellanza da cui sono legati. Chi si ammala o si ferisce non viene buttato a mare, ma mantenuto dalla collettività.»

E qualcuno commenta: «Ma che meraviglia! Quasi quasi mi faccio corsaro anch'io».

Solita risata di gruppo.

E un altro dissidente, rivolto ai membri del governo, interviene a sua volta e dice: «Il fatto è che le cose cambiano, ma purtroppo ci sono un sacco di esseri umani che non se ne accorgono. Si agitano solo quando succede qualche catastrofe non del tutto naturale.»

Il principe Federico si leva e chiede di parlare: «Cari amici, permettetemi di chiamarvi così giacché oggi io sono qui insieme a voi non nelle vesti di figlio di re, ma in qualità di possessore di terreni come molti di voi, sui quali territori impiego manodopera composta da contadini a cui sono legato da un contratto antico che è conosciuto col nome di angheria. Angheria, che vuol dire sopruso, infamità. E, di seguito, la legge stessa è chiamata servitù della gleba, dove "gleba" significa fango, terreno incolto. Abbiamo più volte sollecitato il governo a cancellare dalle nostre leggi questo coacervo di infamità, ma finora non ci è giunta nessuna risposta, si continua imperterriti. Ma, mi chiedo, fino a quando? Forse si attende che i disperati si levino a tentare di ottenere giustizia con la violenza? Alla stessa maniera abbiamo chiesto che ci fosse un nuovo modo di gestire le istituzioni pubbliche, a cominciare dagli ospedali, ai quali chi ha mezzi e privilegi evita di ricorrere, in quanto queste strutture sono gestite in modo aberrante, e dove la sporcizia è causa di epidemie e le cure mediche sono retaggio di secoli passati».

All'istante si alza una voce sconosciuta ai più. Si tratta di Frederik, figlio della regina madre, reggente del trono. «Ma caro cugino – dice, rivolto al principe Federico, – ammetto che le tue siano iniziative e progetti più che indispensabili perché si realizzi una società davvero moderna, ma per metterli in pratica dimentichi che ci vogliono soldi, molti soldi. E dove andiamo a prenderli?»

Chiede la parola Johann Bergurst, ex ministro dell'Economia dell'ultimo governo: «A questo proposito mi permetto di ricordare che, in conseguenza di una nostra inchiesta, condotta al tempo in cui mi era stata affidata la responsabilità di revisore dei conti, abbiamo scoperto che una certa categoria privilegiata di nostri concittadini che non sto a indicarvi, in un solo anno ha, con vari espedienti, sottratto al fisco una cifra pari a quella predisposta per ristrutturare scuole e ospedali appunto, nonché il controllo delle acque a partire dalle chiuse, i ponti e le paratie di tutto il regno di Danimarca».

«Non mi risulta una simile ruberia» dice a gran voce l'attuale ministro delle Finanze.

«Evidentemente – risponde Bergurst – non vi risulta perché non avete mai avuto l'occasione di leggervi il testo di quella relazione, e credo nemmeno conosciate il risultato dell'inchiesta prodotta dal governo del ministro Guldberg.»

«Qui cominciamo male, signore, si va agli insulti gratuiti!»

«Be', se volete potete anche pagarmeli, normalmente li do gratis!»

«No, mi dispiace, ma non accetto certe insinuazioni!» dice la regina madre levandosi a sua volta all'impiedi. «Io spero che il ministro dell'attuale governo che ha fornito questi dati sull'evasione fiscale nel nostro paese si sia reso conto dell'accusa che ha portato poc'anzi. Prima di tutto si insinua, senza produrre prove, che il governo di cui io ho sostenuto la nascita, e che è in carica da dodici anni, abbia continuato imperterrito ad agevolare, senza mai intervenire in merito, uno spaventoso e inarrestabile furto di denaro evitando di denunciare pubblicamente questo infame crimine perpetrato dai maggiorenti del nostro regno.»

Scoppia una bagarre che trova paragone solo nel gioco delle Sette mazze che abbiamo poco fa descritto. Calci, schiaffi, qualcuno solleva un bastone da passeggio e di là dentro sfodera una spada. Entrano subito alcuni inservienti adibiti all'ordine, che cercano di riportare la calma. Ma non ci riescono, anzi, qualcuno di loro viene picchiato a sua volta. La regina madre sale su una panca per far sentire la propria voce. Viene colpita da una scarpa lanciata con tale violenza da farla barcollare. Uno degli inservienti l'afferra, prima che precipiti al suolo, per la sottana. Ma niente da fare, la regina cade abbasso, lasciando la sottana fra le mani dell'inserviente che, chissà perché, se la pone al collo come fosse una sciarpa.

Da ogni parte si grida: «Dimissioni! Dimissioni! Abbattiamo questo governo infame!».

Qualcuno dice: «Bisogna procurarci un ordine firmato dal re!».

Subito Federico, con alcuni dei suoi sostenitori, va correndo verso l'uscita, inseguito dal reggente Frederik, mentre la regina sta girando in sottoveste per tutto il salone alla ricerca della propria sottana. Ma l'inserviente che se n'è impossessato è sparito. Intanto il giovane Federico si dirige verso il palazzo dove si trova l'appartamento di suo padre ma, giunto alla base delle scale, compie una virata e si avvia, sempre correndo, verso l'ala frontale del palazzo, quello dove sta la biblioteca reale, in cui è certo di trovare il padre. Questo sgambetto di percorso fa sì che il cugino salga alla camera del re Cristiano. Tutto è chiuso a chiave, bussa, poi si decide a scendere e vaga qua e là senza direzione. Intanto Federico e il re Cristiano, nella sala di lettura della biblioteca, stanno stendendo insieme il documento che permetterà al ragazzo di ottenere la reggenza dello Stato.

Il re firma e sta per apporre il sigillo degli Oldenburg sul documento. Proprio in quell'istante entra urlando imbestialito il contendente Frederik, che grida: «Ah, qui siete!». E rivolto al cugino: «Credevi di avermi seminato come un babbeo! Dammi quel foglio!».

Il re impugna la penna, quasi fosse una spada, e minaccia con quella il figlio della matrigna, che di nuovo strilla: «Che mi vuoi fare? Infilzarmi con una penna? Dammi quel foglio, ho detto!».

Il re è preso dallo spavento e lancia in aria il foglio come per liberarsi da una maledizione. Il foglio viene acchiappato al volo da uno dei sostenitori di Federico, il cugino si scaglia verso costui ma il documento viene gettato ancora in aria verso Federico, che lo arpiona e, con mossa rapida, afferra il sigillo, lo batte con forza sulla ceralacca, lasciandogli il timbro. Quindi, brandendo il foglio, se ne va giù per le scale come un capriolo inseguito.

Il documento viene presentato ai membri del consiglio di Stato, che lo accettano e decretano la caduta del governo in carica. Da questo momento Federico diventa reggente del regno di Danimarca.

1781: un pezzo fondamentale della storia di Danimarca

A questo punto siamo costretti a dividere gli argomenti in diversi tronconi, nel tentativo di rendere più semplice e comprensibile l'andamento dei fatti. Quindi all'inizio prenderemo in considerazione il problema della cultura e dell'educazione dei giovani, figli della classe contadina e degli artigiani, compresi gli operai, negli ultimi anni del Settecento in Danimarca e Norvegia. Poi ci occuperemo delle epocali riforme agrarie realizzate da Federico.

Appresso tratteremo delle guerre navali fra gli inglesi e i danesi nei mari del nord, che termineranno ahimè con la distruzione di gran parte della flotta danese e il sequestro delle navi ancora valide. Naturalmente, di conseguenza a tanta *débâcle*, i danesi dovranno sopportare una vera e propria catastrofe economica.

E per finire, come unico momento di relax, parleremo degli amori e delle passioni veramente straordinarie e paradossali del reggente, prossimo re di Danimarca.

***

Via quindi con il problema dell'educazione scolastica.

Il principe era un fautore entusiasta di una riforma totale della scuola. Egli ripeteva spesso: «Se siamo poveri non è obbligatorio che si sia anche ignoranti».

***

Il principe ebbe la sorte di avere nel rango di ministri competenti i due fratelli Christian Ditlev e Ludvig Reventlow.

Per fortuna la Chiesa, che da secoli si era acquisita la gestione dell'educazione infantile insieme alle autorità laiche, non si opponeva alle modifiche e alle trasformazioni proposte dal nuovo governo. Anzi, in alcuni casi i sacerdoti e i vescovi erano i più entusiasti del cambiamento, anche perché le innovazioni portavano forzatamente a un allargamento del numero degli scolari e quindi delle strutture educative da loro gestite.

I bambini iniziavano a sette anni fino al tredicesimo/quattordicesimo anno. Imparavano a scrivere, leggere, calcolare e la religione e, laddove operavano i migliori insegnanti, anche la storia e il canto.

Ma l'enorme estensione territoriale del regno che, non va dimenticato, comprendeva l'intera Norvegia, obbligava a esercitare un controllo in zone anche molto recondite e spesso inaccessibili.

Federico decise di dare l'esempio ai responsabili, recandosi di persona in quei territori.

Giunto presso una processione di fiordi chiamata «dei sei monaci» nell'estremo Nord del regno, si trovò a visitare una scuola condotta da un maestro. Vide appeso al muro un aggeggio strano, molto simile a una bacchetta. «A che serve quello strumento?» chiese il principe.

E l'uomo rispose: «A punire gli allievi indolenti e discoli».

«Mi fate vedere come funziona?»

L'uomo sollevò la canna e la batté su un tavolo.

«No, non così – disse il re, – dal vivo.»

«Ma non ho nessun allievo da punire...»

«Be', allora datelo a me e insegnatemi come lo si usa su di voi.»

«Su di me?!»

«Eh sì, per conoscere il valore di un sistema bisogna prima di tutto usarlo su se stessi!» E così dicendo schioccò un colpo secco sulla mano del maestro che mandò un grido.

«Ha funzionato! Ma voi credete davvero che una punizione del genere renda più attivi e intelligenti i ragazzi?»

«Mah, non saprei, ecco...»

«Bene, se non sapete allora è meglio farne a meno.»

Si sedette, sollevò piegandola una gamba e cominciò a picchiare la canna sul ginocchio mandando in pezzi lo strumento batti-dita, seguito da un grido partecipe di tutti gli scolari.

Quasi in conseguenza di questa lezione, il principe e i fratelli Reventlow concordarono che per ottenere degli allievi di valore era necessario anche procurarsi degli insegnanti di tutt'altra cultura e metodo. Per cui si fondò, prima a Copenaghen e poi anche in altre parti del regno, un seminario, questa volta laico, atto a formare una nuova generazione di insegnanti di rinnovata mentalità.

Ma a questo fine non basta riempire di teorie e regole il cervello degli scolari, come fosse un vaso con tappo finale. Bisogna coinvolgere nella creazione di un nuovo metodo anche i sottoposti, che in questo caso sono gli allievi.

E sia ben chiaro, tutto ciò fa parte del pensiero illuminista, che si impone di uscire dai canoni stabiliti per realizzare una coscienza di confronto e dibattito nell'applicazione d'ogni idea nuova.

I Reventlow stavano operando con impegno perché queste riforme dell'educazione entrassero in vigore con successo. Purtroppo il programma fu rallentato notevolmente dalle crisi economiche che esplosero nel 1813 e poi nel 1818-1830.

Il metodo dell'insegnamento dialettico e coinvolgente venne messo in crisi da questa situazione, e lo stesso Federico venne convinto ad applicare un altro sistema che poteva trascinare con sé un maggior numero di allievi e nello stesso tempo abbassare i costi dell'operazione.

In cosa consisteva, e soprattutto da dove aveva origine questa nuova forma di insegnamento? Gli scopritori furono i missionari che, provenienti dall'Inghilterra, si trovarono in quel tempo nelle colonie dell'Oriente a insegnare ai bimbi indiani che accettavano di formarsi nel cristianesimo. Obbligati dalla diversa cultura dei nuovi discepoli, non restava agli insegnanti inglesi che adottare i metodi da tempo in uso nelle numerose scuole indù e buddiste. Scoprirono così che quell'enorme quantità di giovani allievi che frequentavano le scuole locali era facilitata nell'apprendere da un metodo del tutto sconosciuto agli europei. Si trattava di coinvolgere nella totalità le diverse funzioni mnemoniche del cervello, anche attraverso il supporto musicale. Anche da noi, nelle nostre *scholae cantorum*, i bimbi, a cominciare dalla più tenera età, vengono portati a ripetere meccanicamente parole in una lingua che non conoscono, spesso il latino, e riprodurre tonalità vocali apprese con la tecnica della copia diretta di suoni e varianti ritmico-sonore. Il maestro non spiega al piccolo cantore il significato del discorso musicale che va eseguendo. Quello che sollecita nell'allievo il piacere del canto consiste nell'affrontare una situazione armonica nella coralità, cioè scoprire una contaminazione magica nell'emettere suoni diversi in un ensemble che si trasforma in melodia all'istante. Così, il piccolo cantore acquisisce un susseguirsi di emozioni del tutto straordinarie che lo fanno entrare inconsciamente nel mondo della conoscenza.

Anche in Danimarca, dove i maestri erano stati dimezzati di numero, si applicò questo metodo, che consisteva appunto nella ripetizione corale delle parole, dei numeri e delle nozioni scientifiche. I bimbi, che spesso raggiungevano il numero di cento per ogni insegnante, venivano condotti a leggere all'unisono cartelli vari affissi sulle pareti dell'aula scolastica. Anche qui il rispettare il ritmo collettivo e la cantilena delle frasi serviva a sollecitare la memoria con il massimo risultato. I fautori del vecchio metodo, naturalmente, davanti a quel coro ossessivo dei partecipanti, reagivano orripilati e giudicavano indegno che per coinvolgere un così gran numero di allievi si arrivasse a quella forma da scuola per menomati.

Prendiamo a prestito l'importanza della cultura per riproporre una definizione espressa da uno studioso del mondo contadino rimasto anonimo. Egli commenta, sicuro di quel che dice: «Un lavoratore della terra che, oltre a saper leggere e far di conto, studia e impara la storia del suo popolo, la meccanica, la chimica e le altre scienze in genere, è un agricoltore che porta al suo datore di lavoro un vantaggio economico di gran lunga superiore rispetto alla media degli zappaterra normali».

Di qui possiamo trattare con più disinvoltura delle riforme agrarie intraprese durante il regno di Federico VI.

***

Poche sono le cronache che parlano dei rapporti che intercorrevano fra l'allora giovanissimo principe e Christian Ditlev Reventlow, il maggiore dei due nobili. Eppure questa frequentazione fu molto importante per l'impostazione culturale di Federico.

Alla fine del XVIII secolo l'80 per cento della popolazione danese viveva in campagna, il 10 per cento nelle cittadine di provincia e il 10 per cento nella capitale. L'agricoltura, come abbiamo già accennato avanti, era la principale attività e per molti versi l'unica risorsa. Infatti garantiva la sopravvivenza non solo alla popolazione rurale ma anche indirettamente alla popolazione cittadina. Già nell'estate del 1786, Reventlow disse a Federico che molto andava fatto in ambito agrario. Il principe trasalì e a gran voce ordinò: «Per una questione così importante, dove ne va del benessere del paese, nemmeno un giorno deve essere sprecato». Nelle sue lettere Reventlow fa spesso l'elogio dell'assennatezza di Federico.

Nell'agricoltura danese solo poco più dell'1 per cento dei coloni possedeva fattorie di proprietà. Circa l'80 per cento dei terreni agricoli era appannaggio dei latifondisti e il restante, ossia circa il 10 per cento, apparteneva alla corona (lo Stato). I latifondisti erano tra 600 e 700.

Ma appena Federico riuscì con i suoi sostenitori e grazie all'avallo del padre a conquistare il potere, immediatamente si formò la Piccola commissione per l'agricoltura, all'interno della quale però i braccianti e i servi della gleba non erano ancora rappresentati. Ciononostante la maggioranza dei membri era assolutamente favorevole a che venissero abolite le corvée e le famose enfiteusi, che imponevano ai contadini una vera e propria condizione da schiavi.

E a questo proposito ricordiamo l'intervento del reggente Federico dinnanzi a un'assemblea di proprietari terrieri: «Cari amici, noi ci siamo imposti di rinnovare questo paese, e il cambiamento parte necessariamente da una completa riforma agraria. Non si può più aspettare, non solo in nome di una maggiore equità civile, ma anche nel nostro stesso interesse. Tanto per cominciare, il primo provvedimento assolutamente necessario è la distribuzione ai contadini delle pertiche e delle zannie di terra che noi abbiamo in eccesso. Non solo le vostre e le mie, ma anche quelle della Chiesa. Inoltre è nostra intenzione fondare delle proprietà comunitarie, dove famiglie di contadini si trovino associate nello sfruttamento di terre libere, e premiare con riconoscimenti speciali quegli agricoltori che sapranno migliorare con nuove idee e macchinerie la produzione delle granaglie».

Ricordiamo con la massima evidenza che siamo nel 1784, cioè a cinque anni dallo scoppio della Rivoluzione francese, il più grande stravolgimento politico e sociale della storia degli uomini. Eppure fu il piccolo regno di Danimarca, generalmente trascurato dalla storia ufficiale, a compiere per primo questo cambiamento memorabile. Infatti, nel 1788, il consiglio di Stato approvò la riforma agraria, con la quale si aboliva la servitù della gleba per i contadini sotto i quattordici anni e sopra i trentasei. Bisognerà aspettare fino al 1800 perché scompaia del tutto. Ma intanto, grazie all'impegno di Federico e dei suoi ministri, si affermava per la prima volta il principio che i contadini erano liberi cittadini che potevano spostarsi ovunque volessero e non erano più legati indissolubilmente alla terra che lavoravano.

***

A proposito della Rivoluzione in Francia, vogliamo ricordare inoltre che in quell'occasione nacque un canto, *La marsigliese*, dove per la prima volta gli abitanti di un'intera nazione sono chiamati «cittadini» e ci si rivolge ai ragazzi incitandoli a marciare per la difesa della propria terra, il solo atto glorioso che sia degno di sacrificio.

Fin dai primi anni dopo lo scoppio della Rivoluzione le monarchie d'Europa avevano cominciato a coalizzarsi per soffocare sul nascere quell'incendio pericolosissimo che rischiava di aggredire anche i loro paesi e i loro troni. Gli eserciti rivoluzionari francesi, animati dalla consapevolezza di combattere per la causa della libertà e non per difendere gli interessi di una casata regnante, riuscirono a reggere all'urto e a porre le basi di quella potenza militare che vedrà il suo apogeo sotto il dominio di Napoleone. Ma rimaneva un nemico contro cui gli eserciti non potevano nulla, l'Inghilterra, che aveva la sua forza nel mare e nelle proprie navi da guerra. Questa potenza si rivelò il principale avversario della Francia rivoluzionaria e soprattutto di quella napoleonica. A parte gli scontri navali, le due nazioni si combattevano ponendo in stato di blocco i porti avversari e attaccando le navi che commerciavano col nemico. Il conflitto prese immediatamente dimensioni europee, e gli altri Stati erano obbligati a scegliere da che parte stare. La Danimarca decise di entrare a far parte della cosiddetta Lega dei neutrali, a cui appartenevano anche Russia, Svezia e Prussia. L'Inghilterra, che aveva posto in stato di blocco i porti francesi, ordinò la cattura di tutte le navi neutrali che avevano come destinazione la costa francese. La Danimarca fu la sola a respingere l'imposizione degli inglesi. Per punizione a questo rifiuto le navi inglesi attaccarono la flotta danese ormeggiata nel porto di Copenaghen. Causarono una strage di navi danesi, ma persero a loro volta un gran numero di vascelli da guerra, al punto che l'ammiraglio Parker, che comandava la flotta, ordinò di porre fine allo scontro, ritirando le navi superstiti. Ma un altro ufficiale, il già famoso viceammiraglio Nelson, decise di proseguire lo scontro per suo conto. Il futuro eroe di Trafalgar si pose la lente del monocolo sull'unico occhio sano e ordinò di combattere fino all'ultimo uomo disponibile. Ma, resosi conto che anche i danesi si opponevano con la medesima foga e determinazione, Nelson rimise la lente sull'occhio da combattimento e stese un messaggio per il reggente Federico, che più o meno diceva: «Se non deporrete immediatamente le armi noi incendieremo tutte le navi danesi che abbiamo catturato finora, naturalmente con l'intero equipaggio dentro».

Federico non poté far altro che cedere a quella inaudita violenza dichiarando: «Tenetevi pure la vittoria! Le navi si possono ricostruire, gli uomini no. Io preferisco tenermi gli uomini vivi. È da qui che viene il detto: "Più crudeli e spietati degli inglesi ci sono solo i britannici"».

Alla fine ecco che la Danimarca rimane l'unico alleato di Napoleone, cosa che le provocherà la perdita della Norvegia.

***

Federico, utilizzando i fondi della cosiddetta riserva della corona, pagò la stampa dei libri di testo per le scuole da distribuire ai non abbienti. Per quanto riguarda poi le leggi e la gestione

Federico VI

La sorella, Luisa Augusta

La regina Maria Sofia d'Assia-Kassel

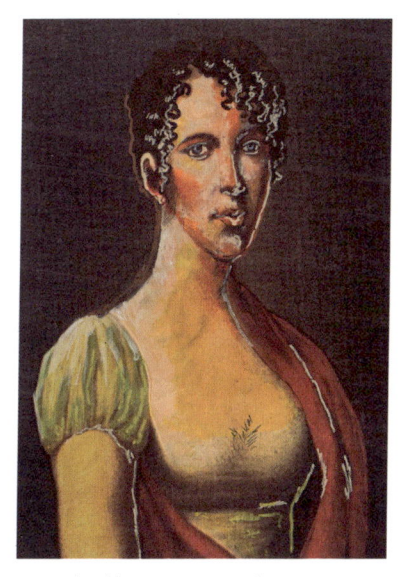

Frederikke Dannemand

della giustizia, impose che nello svolgimento dei processi lo Stato procurasse avvocati d'ufficio per i sudditi che non possedessero i denari per pagarsi una difesa. Abolì la tortura, anche quella in uso negli uffici di polizia. In quel tempo venne anche organizzato un complotto per deporre il re che coinvolse elementi repubblicani e progressisti. Il complotto venne però scoperto, e i congiurati posti sotto processo.

Qualche anno prima, nel 1764, un illuminista italiano, Cesare Beccaria, pubblicò un testo dal titolo *Dei delitti e delle pene* in cui aborriva la tortura e la pena di morte, entrambe espressioni indegne di un popolo civile. I concetti e le ragioni che con quello scritto si volevano mettere a fuoco fecero gran scalpore fra i seguaci del nuovo umanesimo, fra cui Diderot, Rousseau, D'Alembert e Voltaire, il quale si dichiarò entusiasta di quel testo: «Questo è un vero e proprio capolavoro. Uno scritto che coinvolge la nostra coscienza e la ragione». Anche monarchi progressisti ne furono impressionati. Fra questi il granduca di Toscana, Caterina di Russia e il nostro giovane reggente di Danimarca. Il granduca abolì immediatamente la pena di morte. Federico, che per poco aveva evitato di essere destituito e forse ucciso da un colpo di Stato, decise che i rivoltosi condannati a morte fossero graziati. Questa era una stupenda risposta al supplizio imposto al medico di corte Struensee qualche decina di anni prima. Era come se il re di Danimarca dichiarasse ai suoi sudditi: «Chi ci ha preceduto nella gestione di questo paese ha fabbricato false leggi pur di conquistarsi il potere. Noi, che abbiamo subito un autentico colpo di Stato, al contrario non mettiamo in atto la solita vendetta capitale, ma graziamo gli autori di quel programma criminale, poiché siamo convinti che il perdono non sia una debolezza, ma una forza».

La collezione dei ritratti di corte, compresa una sgualdrina

Ci rendiamo conto che non abbiamo mai parlato dell'aspetto fisico dei re di Danimarca, Cristiano VII e Federico VI. Del primo abbiamo un bel ritratto d'epoca a tutto campo. Si presenta all'impiedi con il classico abito di stile francese riccamente panneggiato. Si tratta di un bellissimo uomo in atteggiamento armonioso e di notevole eleganza. Anche suo figlio il principe reggente appare con viso di straordinaria avvenenza.

Per quanto riguarda i personaggi femminili, il pomo di Paride è senz'altro da assegnare alla sorella di Federico. Oltre a uno splendido viso esibisce un corpo da Venere di Lisippo.

Anche la Vecchiaccia non è male. Uno se la immagina una megera, e invece ci sorprende con un volto perfino umano.

Al contrario esiste un ritratto ufficiale della regina Carolina Matilde che ci svela una donna dal sembiante banale e privo di ogni fascino. Per nostra fortuna, andando a sfogliare i vari dipinti di corte, abbiamo scoperto un altro ritratto della regina dove si fa ammenda della prima immagine quasi grottesca, sostituendola con un volto dove la metamorfosi è a tutto vantaggio di Matilde.

La prostituta che Cristiano esibisce agli ospiti del banchetto in onore della sposa sorella del re d'Inghilterra appare come una donna addirittura piacevole e anche molto affascinante. Altrettanto splendidi sono da considerarsi il volto e la figura di Struensee, degni di un intellettuale dallo sguardo piacevole. E per finire, veramente colma di fascino scopriamo l'immagine di Frederikke Dannemand, concubina del prossimo re, che non sfigura dinnanzi alla principessa Maria Sofia d'Assia-Kassel, splendida moglie di Federico, dama di gran classe. Il rapporto matrimoniale fra i due principi, a detta della gente di corte, era a dir poco idilliaco. Si dice fossero sessualmente fatti l'uno per l'altra.

Infatti succedeva spesso che, durante i balli di corte, i due principi abbracciati, dopo aver esibito passi armoniosi in cui si strofinavano senza rispetto per l'etichetta, all'istante, tenendosi per mano abbandonassero le danze per risalire nei propri appartamenti, quasi travolti da un'incontenibile sfrisola erotica. Ce ne dà testimonianza il numero di figli che i due regnanti riuscirono a sfornare in pochi anni, la bellezza di otto pargoli.

Altro particolare sfizioso di cui si parlava a corte era la strana baruffa che spesso, al momento del gioco amoroso, esplodeva fra gli innamorati. Federico si esprimeva in danese, lei si rifiutava e pretendeva di ricamare le sue euforie erotiche solo in tedesco. La voce della dama spesso sovrastava quella del nobil maschio infoiato. «Insomma, non capisco niente di quello che mi vai dicendo!»

E lui di rimando: «Meglio per te, perché tutto quello che ti dico in danese è completamente osceno, roba da taverna *fhbjqhfiniuehfiwgh shfuqh hewfuhb!*».

Sotto finale

Qui siamo arrivati alla fine del nostro racconto. Ma noi stessi cosa possiamo dire d'aver imparato nel portare alla luce ed elaborare le varie situazioni, i colpi di scena, le violenze e i gesti d'amore di questa vera e propria saga, tragica e grottesca al tempo?

Prima di tutto la scoperta di un personaggio inverosimile, Cristiano VII, un re pazzo che, purtroppo solo per brevi momenti, sa esprimere pensieri e concetti davvero straordinari e inconsueti.

Del resto è del tutto comune ritrovare nella tradizione dei grandi miti personaggi intrisi di follia. Ma sono proprio loro quelli che riescono a uscire dalle convenzioni del proprio tempo e proiettarsi verso il futuro. Basti pensare a Edipo, anche lui re, alla follia di re Mida, fino ad arrivare a Faust, per non parlare di Amleto.

Per individuare la pazzia di questo nostro re basta sottolineare la scelta di preferire come proprio collaboratore un medico tedesco, educato nella prestigiosa università di Halle, e che poteva consultare una ricca biblioteca di sua proprietà che conteneva testi di Voltaire, Rousseau, Diderot, cioè dei maestri più celebrati dell'Illuminismo. E questo in un paese che a quel tempo è ritenuto fra i più arretrati d'Europa sia a livello politico che culturale.

Ed ecco che il pazzo genera un figlio che, per tutta la prima infanzia, non conoscerà mai da vicino il proprio genitore. Questo bimbo verrà educato con tenerezza dall'amante della madre, che guarda caso è il medico tedesco, di cui la moglie del pazzo, non trovando affetto alcuno da parte del marito, si è presa d'amore. Inoltre questo infante viene privato dell'affetto materno, del rapporto con la piccola sorella, si ritrova sballottato fra balie e nutrici diverse e da una virago che fa di tutto perché quella creatura si ritrovi a soffrire disperatamente in una condizione disumana. Eppure, nonostante queste vicissitudini, anzi forse grazie a esse, il ragazzino riesce a trovare in sé una forza d'animo insospettabile. Bisogna dire che, paradossalmente, è proprio il padre pazzo, nei pochi momenti in cui riesce a sortire da quella disperata paranoia, a comunicargli un'attenzione straordinaria e a donargli pensieri e progetti che gli saranno determinanti nel ritrovare un'incredibile qualità umana.

A compimento di questa tragica avventura si colloca un momento di catarsi imprevedibile. È cosa nota che la regina madre non accetti l'idea che il pazzo continui a governare. Ci vuole uno scandalo con relativo rovesciamento della situazione. Un gruppo di militari arresta l'amante della regina. Lei viene cacciata dal regno di Danimarca. È il colpo di Stato. Struensee, il germanico, viene condannato a morte con squartamento pubblico. Ma, inaspettatamente, il popolo dei sudditi non è convinto della lealtà di un simile ribaltamento. E, in men che non si dica, mette in condizione un gruppo di dissidenti guidato dal principe Federico di ripristinare il regno abbattuto. Vincono i buoni? Ma neanche per idea! In realtà vincono gli uomini che hanno da parte loro la forza della ragione.

Bisogna sottolineare anche l'importanza, in questa vicenda, di tutto ciò che stava muovendosi in Europa, a partire dalla Rivoluzione francese. Ormai il grande cambiamento è nell'aria e l'intelligenza del giovane regnante è davvero il nuovo che avanza. Egli infatti riesce a concepire una rivoluzione non fatta da stragi ed esecuzioni finali, ma dal pensiero, cioè a dire dal confronto fra forze diverse attraverso la dialettica. Vi riportiamo un breve estratto proveniente dal discorso che il principe reggente tiene in una riunione stracolma di proprietari terrieri e grandi uomini d'affari. Eccovelo.

«Io non sono qui come vostro antagonista, ma come uno di voi, meglio, il più esposto fra tutti voi. Sapete benissimo a che cosa io alluda con questa provocazione. Basta guardarsi intorno per ascoltare una gran quantità di gente che dice: "Sì, è vero, stiamo per assistere a una rivoluzione che senz'altro avrà come teatro le piazze di Parigi e di conseguenza quelle di tutta Europa. Ma noi in questa bagarre non saremo coinvolti". Errore! La gente informata sa che passerà anche qualche anno, forse dieci e più, ma il vento della rivolta toccherà anche ognuno di noi. E chi pagherà avanti a tutti? Scusate il mio incedere da menagramo, ma sarete voi, e io sarò costretto a salire per primo sul palco dei giustiziati, perché sono il re. Quindi se non cambiamo noi le cose saranno loro a cambiare noi, soprattutto capovolgendoci a testa in giù. Muoviamoci dunque, e diamo spazio alle parole e alle idee.»

A nostra volta vogliamo trarre una conclusione.

Nella Bibbia, Iddio pone dinnanzi a due alberi ben distinti i suoi figli appena creati e offre loro la scelta. Egli dice: «Il primo albero è quello dell'eternità, scegliete questa pianta e i suoi frutti vi renderanno immortali come sono gli angeli. Non avrete problemi di lavoro, di sopravvivenza. Freddo e calore, tempeste e uragani non saranno mai per voi causa di sofferenze. E, lo ribadisco, non ci sarà mai fine della vostra vita. L'altro albero è quello della conoscenza e del sapere. Cogliendo questi altri frutti vi verrà inculcato nel cervello il bisogno di indagare, discutere, ripensare per trovare la verità e il mistero della vita. Ma ciò causerà due varianti. Prima di tutto sorgerà nel vostro essere l'amore, e con l'amore il piacere sessuale. E avrete figli e figlie. In quel momento la donna soffrirà fino all'impossibile. Dovrete faticare, combattere contro razze diverse per sopravvivere. E giunti alla vecchiaia morirete. Ma la vostra vita continuerà con i figli che avrete generato. Scegliete».

Eva e Adamo chiedono un giorno e una notte per poter decidere e alla fine dicono: «L'albero che scegliamo è quello della conoscenza e del sapere».

Ringraziamenti

Ringraziamo per il prezioso contributo il professor Bent Holm, il professor Bruno Berni, il dottor Thomas Malvica e il professor Francesco Milazzo.

Dello stesso autore

dario fo
la figlia del papa

narrazioni chiare**lettere**

Nella stessa collana

I Buoni
Luca Rastello

Il direttore
Luigi Bisignani

Per favore non dite niente
Marco Ciriello

Il sacrificio di Éva Izsák
Januaria Piromallo

Contrada Armacà
Gianfrancesco Turano

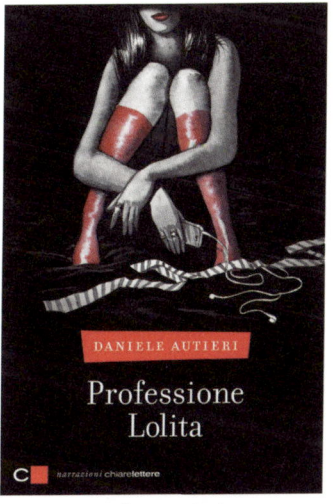

Professione Lolita
Daniele Autieri